見えないものを知覚する

これからの生活哲学

文と写真　阿部雅世

平凡社

見えないものを知覚する

本書は、Web《ウェブ》マガジン「AXIS《アクシス》」に、二〇二一年八月から十二月にかけて連載された「見えないものと生きてゆく時代に」に加筆、再編集したものです。

はじめに

自分の中にあって、目に見えないもの——直感、喜び、希望、良心。見えない脅威に取り囲まれて生きる時代に、体内のどこからか湧き出してきて、普遍的に身を守ってくれるもの。それは、いったいどこにあるのだろう。どうしたら活性化できるのだろう。

そんな長年の問いを抱えたまま、パンデミックという目に見えぬ特大の嵐で始まった環境災害の時代に飛び込んでしまい、その中での閉門蟄居《へいもんちっきょ》を、もう二年以上も続けている。それは、自分が静止することで、初めて見えるものがあることを知る、今までに体験したことがない不思議な時間だ。

平和な国境越えの自由を謳歌し、何十年も走り続けてきた自分を、期限を決めずに静止させる。そして、半径五百メートルほどの小さな世界の中で、目を凝らしてみる。すると、顕微鏡の解像度が、日に日に上がっていくかのように、自分の感覚が研ぎ澄まされていくのがわかる。風に舞う木の葉のような一瞬の環境の変化が、スローモーションのコマ送りのように見えたり、今さえずった鳥の声が、遠くのどの声と会話しているのかがわかったり、野鳥の巣立ちの瞬間を見てしまったり、あるいは、不思議なほどなんども、頭上を通過する渡り鳥の大群に遭遇したりする。それは、ずっと目の前にあったのに、見えていなかったものを、知覚する時間だ。立ち止まる時間が、かくも濃厚な時間だと知らずに、半世紀以上もせかせかと走りながら生きていたとは、なんという愚かしいことであったか。この終わりの見えない嵐は、自分がこれから、どうやって見えないものと共に生きていくのかを、よくよく見極めるためのチャンスなのだろう。

ひとりのじかんについて。希望のありかについて。星の目で見ることについて。非日常を遊ぶことについて。持続可能な暮らしの心得について。良心を再生させることについて。これは、私が不思議な時間の中で知覚した、これからの時代を生きるための生活哲学についての忘備録だが、私よりずっと若い誰かが、いつか嵐の中で立ちすくんだ時に、役に立つこともあるかもしれない——そう思い立ち、私の前に姿を現し、大事なことを教えてくれた小さな生きものたちの写真と共に、それを本という「永遠の手箱」に納め、未来を生きるあなたへの贈りものにすることにした。心ばかり、気づきのおすそ分けです。

目次

I

Pause and Ponder ひとりのじかん

ひとりのじかん

気がつけば、都市封鎖や外出制限によって、たくさんの人がいっせいに「ひとりのじかん」を過ごすという、誰も想像していなかったことが、現実になっている。世界中の誰もが、他人との接触を少なからず制限される疫病の時代に、孤独という目に見えないものとどうつきあっていくのか、という問いに直面している。その現実に目を凝らしてみると、「ひとりのじかん」を、寂しく辛く耐え難い孤独の時間として捉える人と、創造的な楽しみをつくり出す時間として捉える人と、人類が、ざっくりと二種類に分類されたように見える。

次々と都市封鎖が始まった2020年の春以降、世界中の大学キャンパスが閉鎖され、級友や実家の家族に会うこともままならず、自分の部屋に閉じこもることになった学生たち、自宅でも快適なリモートワークができているはずの若者の多くが、この嵐の中で最も辛いこととして孤独を挙げている。

隣の席に座っていても、スマホでメッセージのやり取りをするような世代なのだから、彼らこそは、この危機を軽々と乗り越えられるのではないか、と思っていたけれど、私が関わっているいくつかの大学の学生や、かつての教え子たちと話してみると、そういうものではないと言う。友達や教室のにおいが恋しい、人混みの騒音が恋しい、誰でもいいから人がたくさんいる雑踏に出たい、オンラインの空虚感には耐えられない、刺激が足りない、力が出ない、漠然とした不安に押しつぶされそうになる、と言う。

その一方、「ひとりのじかん」の中に、人恋しさや不安をかき消してしまうくらいの極上の楽しみを見つけて、充実の時間にしている人も、それなりにいる。私も元来単独行動型の人間だからか、ネットの時代の閉門蟄居ならではの楽しみを存分に見つけ出せたひとりだけれど、ネットなど存在しなかった時代でも、突然降りかかった「ひとりのじかん」を、充実の時間にした人はいくらでも見つかる。

ペストというパンデミックが起きた1665年に大学生だった英国の自然哲学者アイザック・ニュートン[1]。彼も大学のキャンパスが閉鎖になり、一年半もの間、田舎の実家で隔離生活を体験したひとりだ。彼はその孤独な時間を、創造的休暇と呼んで、至福の自由研究の時間にした。万有引力の法則や、プリズム分光による可視光線のスペクトル等、彼のその後の人生を方向づけた大きな発見の大半は、その間になされたという。ペストの嵐を無事に生き延びたばかりでなく、そんなにたくさんの発見ができたなんて、どれだけ幸せな「ひとりのじかん」だったことだろう。

孤独をめぐる個々の事情はさまざまで、たくさんの要因が絡むものだから、簡単に説

1. アイザック・ニュートン Isaac Newton (1642–1727)　英国の自然哲学者、数学者、物理学者、天文学者

明がつくわけではないけれど、それにしても、なぜこれほどまでに捉え方が違うのだろう。頭の中でじっと目を凝らしていたら、「あ、もしかしたら、人間に対する興味の度合いが違うのかな」と気づいた。

「ひとりのじかん」を楽しめる人というのは、人間に対する興味が比較的希薄で、人間以外のものへの興味が強い。動物でも、植物でも、虫でも、空でも、星でも、風でも、光でも、色でも、音でも、数でも、紙でも、粘土でも、自分のまわりにあるいろんなものが、人間と同じかそれ以上の存在であって、それらと対話し、新しい発見をし、刺激を受けることさえできれば、なんだかもう満たされてしまう。

一方、「ひとりのじかん」は辛いだけでしかないという人は、人を見てなにかを発見し、人と対話することで刺激を受け、人の集団の中で生きる力を得る。人間がすべて、と言ってもいいくらい、人間に対する興味が突出した世界に生きている。だから、人との関わりを制限されたとたんに、ある種の耐え難い寂しさが心の中に生まれてしまうのだろう。これは、持って生まれた個々の性格の違いなのだろうか。それとも、環境や教育という、外部からの影響に左右されてできた違いなのだろうか。どちらもあるのだろうけれど、その辛さには、現代という、なにごとも人間が中心、人間至上主義の時代が、少なからず影響しているような気がする。

ここ十年ほどの間、SNS(ソーシャル・ネットワーキング・サービス)がつくり出す新しい孤独が、公衆衛生的な社会問題として、頻繁に取り上げられてきた。世界最高齢の現役建築家として、2012年に天寿を全うしたブラジルのオスカー・ニーマイヤー[2]は、彼の最後の本『ニーマイヤー一〇四歳の最終講義』の中で、「今の若者が直面している最も深刻な問題は『孤独』ではないかと思う」と指摘している。また、『スマホ脳』の著者である精神科医アンデシュ・ハンセン[3]は、現代の孤独を深刻化させる要因として、他者からの承認欲求に対する、中毒性の高い無自覚な依存症に言及している。

SNSの世界――そこには、目には見えない人間と、人間のふりをしたボットしかいない。発信し、受信し、いいねと相槌を打って承認するのは、人間だけだ。

現実の世界は違う。そこには、人間以外のものがたくさん暮らしており、それらが常に、目の前をうろちょろして、なにかを発している。木の梢が頷くように揺れていたり、小鳥が不思議なリズムで相槌を打ったり、蝶々がまとわりつくように飛んできたりする。雲は、なにやら意味ありげなメッセージを描きながら、空を流れていく。「これはどうするかなあ」となにかを決めかねている時、「よし。これでいこう」と決断するきっかけになるのは、そういう人間以外のなにかが発するメッセージであったりする。

でも、SNSの世界に、無自覚な依存症と言われるほどにどっぷり浸っていると、現実の世界の中でも、人間しか見えなくなり、人間以外のなにかに問いかけたり、耳を傾

2. オスカー・ニーマイヤー Oscar Niemeyer (1907–2012) 20世紀を代表するブラジルの建築家
3. アンデシュ・ハンセン Anders Hansen (1974–) スウェーデンの精神科医

けたりすることすら、忘れてしまうかもしれない。そして、そのために「ひとりのじかん」を、楽しめなくなっているのだとしたら？

先見の人と呼ばれ、時代が生み出した新しいメディアを多角的に分析してきた知の巨人ウンベルト・エーコ[4]は、ＳＮＳは孤独を深めるだけ、と警鐘を鳴らしていたという。[5]どのようなメカニズムで孤独を深めるのか、それを聞かぬうちに、エーコは亡くなってしまったけれど、「人間以外のなにかに対する興味の喪失」は、現代の孤独を深める大きな要因のひとつではないかと、私は思い始めている。そして、もしそうだとすれば、「ひとりのじかん」の辛さというのは、この世に生きているのは人間ばかりではないのだぞ、ということを思い出し、知らないうちに奪われてしまっていた「人間以外のなにかに対する興味」を活性化させることで、少しばかりは和らげられるのではないだろうか。

4. ウンベルト・エーコ Umberto Eco (1932–2016)　イタリアの小説家、文芸評論家、哲学者、記号学者
5. 2016年2月23日付け朝日新聞デジタルに掲載された、東京外国語大学教授和田忠彦の寄稿追悼文より

嵐の中の静けさ

今からもう四十年以上も前、高校の文化祭の前日、クラス総出で準備に追われていた日に、大型の台風が東京を直撃し、台風の目の中にすっぽりと入ったことがある。午前中からぽつぽつと降り出した雨は、やがて窓の外の景色がかすむほどの横殴りの大雨になり、看板やら大きなシートなどが、右に向かって飛ばされていくのが見えた。それから、急に雨が弱くなったかと思うと、九十分ばかりは突き抜けんばかりの青空と静寂が続いた。その間に、そーれっと外に出る用事をすませ、また教室に戻ると、今度は左向きの横殴りの大雨がひとしきり窓をたたいて、台風は通過していった。

目に見えない嵐が吹き荒れる中での閉門蟄居というのは、台風の目の中にいるのに、とてもよく似ている。一歩外に出れば、なにもかも吹き飛ばされてしまいそうな暴風雨だが、目の中にいる限りは、静かで平和で安全だ。

2020年春、第一波の感染症拡大を抑えるため、世界中の都市が同時多発的に封鎖され、ごく一部の必需を除いて、企業も工場もすべて操業を停止し、人々がいっせいに自分の家に籠るという、ありえないことが現実になった時、都市騒音や空気汚染がひどく、空などかすんでしか見えなかったたくさんの都市が、驚くような静寂に包まれ、空気は透き通り、上空には見たことがないような青空が広がった。それぞれの台風の目の中で「ひとりのじかん」を過ごしていた都市生活者の多くが、鳥の声だけが響き渡る街の静寂に息を飲み、窓から見上げる空の青さに目を見張った。人間がちょっと動きを止めただけで起こすことができた、魔法のような奇跡に感じ入り、「地球が深呼吸をしているようだ……」とつぶやいた人が、世界各地にいた。パンデミックという未曾有の嵐の目の中で、私は、フィンセント・ファン・ゴッホ[1]の手紙の中にあった「嵐の中にも心の静寂がある[2]」という一文を思い出していた。

日本野鳥の会の創始者で、伝説的な野鳥研究者であった中西悟堂《なかにしごどう》[3]の随筆集の中に、1950年に書かれた「ブラインド」というエッセイがある。それは、野鳥の生態観察用の隠れ蓑のようなテントと、露営観察に必要な道具を詰め込んだリュックサックを担いで深い山の中に入り、鳥の孵化から巣立ちまでの生態を詳細に観察し記録しながら、たったひとりで露営生活をする話だ。

中腰でしか立ち上がれず、横たわれば足が出てしまうようなテントを、野鳥の巣のそばに張り、鳥に気づかれないようにひっそりと、何日間もその中で過ごす。担いでゆくリュックサックに詰め込むもののリストには、食料、野営用の食器、虫刺されの薬や包帯などが入った薬袋、観察用具、ローソクやチリ紙などの雑品等、最低限にきりつめら

1. フィンセント・ファン・ゴッホ Vincent Van Gogh (1853–1890)　オランダの画家
2. *The Letters of Vincent van Gogh* 096: To Theo van Gogh, Isleworth, Friday, 3 November 1876
ファン・ゴッホ美術館資料より引用（阿部訳）
3. 中西悟堂 (1895–1984) 日本の野鳥研究者、歌人、詩人、僧侶

れた必需品があり、最後に「他に書物を少々」とある。図鑑などではなく、主には、リルケやジャムやホイットマンの詩集であるという。これは、露営中に天候が変わり、山が鳴るような大嵐に見舞われた時に、テントの中で読むための本。携帯ラジオも携帯電話もない、今から七十年以上も前の真っ暗な山の中。テントの天井をシンバルのように大雨が打ちつけるという環境の下で、「ひとりのじかん」を過ごすための必需品が、その小さな詩集であるという。

> そんな山中に一人っきり。まことになさけなくなるような境涯である。しかし、それにも堪えて、馴れ来たった者は、寂しいなどとは思わぬものだ。私は起き直って蠟燭をつけ、携えて来た詩集を読み出す。何とそれらの詩がよくわかることか。[4]
>
> ——中西悟堂

未曾有の見えない大嵐の中で私が過ごしている「ひとりのじかん」は、中西悟堂のそれとは比べものにはならぬ、都会の快適な箱に守られたものだけれど、その箱の中にひとりで座って、いつも本棚に並んでいた本、何度も読んだはずの本、気になって買ったけれど読まないまま積んであった本を手に取って開き、その多くはもうこの世には存

4.『中西悟堂 フクロウと雷』(2017) 平凡社スタンダードブックス P.127 より引用

在しない「目には見えない人たち」の声を目で追っていくと、「何とそこに書かれていることがよくわかることか」という気持ちになる。探している答えは、びっくりするくらい、皆その中にあった。不安を数え上げればきりがない、目に見えない未曾有の嵐の中で、開けばかならず答えてくれる人たちの、確かな気配がそこにあるというのは、なんと心強いことなのだろう。本を持っている、ということの意味を、私は初めて理解した。

読みたいと思って買ったまま、時間がなくて読めていない本が、ソファーの横に積み上がり、世にいう「積読《つんどく》」状態になっていたことは、ずいぶん長いこと私のストレスだった。「いつか読む、といいつつ、こんなに積み上げちゃって、いつ読むのよ」と自問して、それに答えられない自分がいた。でも、そうか、こういう「ひとりのじかん」が到来した時に読むんだ、そのために積み上げていたのだと、今の私は答えられる。

紙の本というのは「目には見えない人たち」が、形を変えてそこにいる存在である。普段は積んであるだけでも、いざという時にそこにいてくれることに意味がある。これはデジタル書籍ではだめだ。目に見えぬ大嵐の中、無期限の停電やネットも切断され、静けさの中で長時間孤立するような時、心に助けが必要な時にこそ、読むものなのだから。

ある日突然やってくる「ひとりのじかん」のために、用意しておくべき必需品はいろいろあれど、「他に書物を少々」、あえて言うなら「良い書物を少々」。それを、いざとなったら持って逃げる袋の中に入れておくなり、いつでも手に届くところに置いておければ、この先どれだけの見えない嵐が、繰り返しやってこようと、私は大丈夫な気がする。

生きる力の湧き出づる時

住み慣れた場所からの避難を余儀なくされる危機においては、持って逃げる「だいじなもの」を問われるけれど、行動を制限し、籠城して身を守らなければならない、逃げようのない危機においては、自分が生きてゆくうえで「だいじなこと」を問われる。一瞬にして暮らしが一転するあやうさ、そこにある命のはかなさ、今日一日健康で過ごせたことのありがたさ、明日は大丈夫だろうかという不安、そういうたくさんの目に見えないものを感じながら、自分自身をバランスよく維持していくために「だいじなこと」。私にとって、それはなんだろうか。意識の中で、じっと目を凝らしてみると、この状況で一番だいじなことは、自分の中に生きる力が湧き続けることかな、と思いあたった。

私は、自分の生きる力を元手に今まで仕事をしてきたこともあり、日々の暮らしを整えることで、生きる力は結構出てくるということを、体験として知っている。日々の暮らしを整える——すなわち、自分の生きる力を消耗させそうなものを、創意工夫で丁寧に取り除き、自分の生きる力が湧き出そうなものを、手を惜しまずに用意すること。それほど大げさなことではない。自分が気持ち良いと思えるように暮らしの環境を整え、おいしいと思うものをちゃんとつくって食べ、あとは、しっかり寝るようにさえしていれば良く、それで生きる力はそれなりに出てきていた。だからそれ以上、あまり深く考えたことがなかった。

しかし、この先、数えきれないほどの見えない脅威と共存しながら、考え出したらきりがないほどの不安と折りあいをつけて生きていかねばならないのだとすれば、今までの、のんきな生活とは比べものにならないほどの生きる力が必要になる。たびたび行動を制限され、外からは気が滅入るようなニュースしか聞こえてこない日々が延々と続いても、今まで通り、丁寧に暮らしの環境を整え、ご飯をおいしく食べ、ちゃんと寝るように心がけるだけで、生きる力は湧き続けるだろうか。そもそも生きる力の源泉は、自分の一体どこにあるのだろう。どういうメカニズムで、どんな刺激があれば出てくるのだろう。「ひとりのじかん」は生きる力に、どう作用するのだろう。この先、どんな状況にあっても、生きる力を枯渇させぬ方法はあるのだろうか。

生きる力が、体内からどっと湧き出すのを感じる瞬間がある。思いがけないところに、とんでもなく美しいものを発見した瞬間や、無意識に探していたものが、目の前に現れたのを、ぴたりと捕らえた瞬間。ぼんやりとしか見えていなかったものに、急に焦点が定まり、正体見たり！という瞬間。とっちらかったままにしていた中途半端な知識のかけらが、パズルのようにカチリと組みあわさって、わかった！という瞬間。そういうきわめて個人的な喜びの瞬間には、全身の細胞がいっせいに活性化するような感じで、生きる力がどっと湧き出す。

　それは、良いチャンスが転がり込んできたり、人に褒められたりという、外からの刺激に対して感じる喜びとは、まったく別の種類の喜びである。外からの刺激がもたらす喜びは、自分を一瞬、元気にはするものの、別の外からやってくるものによってたやすく打ち消されもする。しかし、この体内から湧いてくる喜びは、なにものにも打ち消せぬ、外の世界から独立した強力なものだ。

　数学者の岡《おか》潔《きよし》[1]は、自分が数学上の発見をした時に湧いてくる喜びを、「鋭い喜び」という言葉で表現している。それは、物理学者の寺田《てらだ》寅彦《とらひこ》[2]の文章から借りた言葉だそうで、「生命」というエッセイの中では「数学上の発見の場合は、鋭い喜びの感情となって肉体に回る」[3]と書いている。私の発見は、数学者や物理学者の発見とは程遠い、ささいなものばかりだけれど、それでも、出てくる喜びの鋭さはきっと同じなのではないかと思う。この喜びがくると、自分にまとわりついてくるさまざまな不安も、悩ましいことも吹き飛んで、体中の細胞が勝手に踊り出すような感じがする。

　そういう発見の瞬間は、雨宿りしながら空を流れる雲を見ている時とか、ぶらぶらと散歩をしている時とか、単純な手作業に没頭している時とか、脳のアイドリングといわれるような呆けた状態の時によくやってくる。もう十年以上、そして、この閉門蟄居暮

1. 岡潔（1901–1978）　日本の数学者
2. 寺田寅彦（1878–1935）　日本の物理学者、随筆家、俳人
3. 『岡潔　数学を志す人に』（2015）平凡社スタンダードブックス P.22 より引用

デザイン体操 A.B.C. | Design Gymnastics A.B.C. by Masayo Ave

らしになってからも、住まいとアトリエの間の半径五百メートルくらいの中で私が毎日続けている「デザイン体操」[4]――身のまわりの自然の中での単純な宝探しの遊びも、なにを生み出すわけでもない、半分呆けてやっているところがよいのか、発見の鋭い喜びは、もれなくついてくる。

それは、どんなにたくさんの人と一緒にいようとも、その一瞬だけはすべての人と切り離される不思議な瞬間だ。電気が走るように、自分が発見した見えないなにか、あるいは、見えていなかったなにかと一瞬にしてつながり、対話がなされる――ひとりだけれど、ひとりではない「ひとりのじかん」だ。

「デザイン体操」は、観察力や発見力を鍛えるためのデザインの筋トレとして開発した演習だが、閉門蟄居の中で、ちょこちょこと生きる力を湧き出させるのに、これはかなり役に立っているのかもしれない。

アメリカの国民的な幼児教育テレビ番組「ミスター・ロジャースのご近所さん」[5]の制作と司会を四十年以上務め、合衆国の良心と称えられるフレッド・ロジャース[6]は、子どもが自分で学ぶ力をつけるために欠かせない六つのことのひとつに「ひとりのじかん」を挙げ、こんな言葉を残している。

4. 「デザイン体操 Design Gymnastics」 発見力や空想力を鍛えるためのデザイン演習として、阿部雅世が考案。世界各地の教育機関で展開する、新しいデザイン教育プログラムの中で実施されている
5. ミスター・ロジャースのご近所さん Mister Rogers' Neighbourhood (1968–2001)
6. フレッド・ロジャース Fred Rogers (1928–2003) アメリカのテレビ番組制作者、司会者、聖職者

すべての雑音から自分を切り離した「ひとりのじかん」は、人が自分に与えることができる最高の贈りものだ。（中略）だから、子どもの時間を、活動やレッスンや刺激でいっぱいにしてはいけない。活動を停止して、ひとりになり、なにもせずに、ただただ思い浮かぶことに身を任せているような時に、子どもは、自分がなにものであるのかを知ることができるのだから。そして、それは、他者を、世界を理解するための準備の時間でもあるのだから。[7]

——Fred《フレッド》 Rogers《ロジャース》

仕事やレッスンや刺激でいっぱいの人生を送ることが、充実した人生の理想のように語られ、その理想に向けて追い立てられる社会の中で、多くの人が自分を見失い、他者も世界も理解できなくなり、生きる力を失いつつあるとしたら、そこには、「ひとりのじかん」の圧倒的な不足があるのかもしれない。ならば、理由はなんであれ、生身の人から切り離された、ひとりだけど、ひとりではない「ひとりのじかん」を持つチャンスが来たならば、それは、自分を知り、他者を知り、世界を知り、自分の生きる力を湧き出させるための、天からの贈りものだと思ってよいような気がする。

7. The Fred Rogers Center（現 The Fred Rogers Institute）公開資料 *TIMES OF SOLITUDE* より引用（阿部訳）

II

Find Hope in crisis

希望のありか

希望のありか

百年に一度であったはずの規模の環境災害が、毎日のように世界のどこかで起きている。パンデミックは終わらず、物流は滞り、不安と貧困が音もなく広がり続けている。誰の身にも等しく降りかかりつつある、見えない脅威の深刻さ。それを見過ごしてきた人間の愚かさが、臨界点を超えて、急速に崩壊し始めているかのような現実を直視すると、希望をどこに見出したら良いのか、わからないような気持ちになることがある。

しかし、長い地球の歴史を振り返ってみれば、遠い遠い祖先の時代から、人間はその時代時代の見えない脅威と共にこれまで生きてきたわけで、希望をどこに見出すかという問いは、新しい問いでもなんでもなく、むしろ、人として生きていく限り、常についてまわる、普遍的な問いなのだろう。

目の前にある暗いトンネルをのぞき込んで、ひとり目を凝らしても、なにも答えは見えてはこない。しかし、その問いを意識のどこかに貼りつけて、視線をいったん外し、身のまわりにいつもあるものや、周囲を流れていくものに目を凝らしはじめると、問いに答えようとする言葉は、あちらにも、こちらにも見つかる。それを発見するたびに、私は今までなにを見てきたのだろうと思う。

アメリカのテレビジョン・アカデミー基金が、インターネット上に公開しているアーカイブ映像の中に、四時間半にわたるフレッド・ロジャースのロングインタビューがある。テレビ放送の創成期から、子どものための教育番組のプロデューサーとして、マスメディアのあるべき姿を模索してきたフレッド・ロジャースは、その声を聞いているだけでなにか癒されるような気持ちになる独特の雰囲気を持った人だ。

ずっと話を聞いていたいと思いながらも、なにしろ長いインタビューなので、なかなか全チャプターを視聴する時間が持てないでいたが、生身の人と会う機会が著しく制限される閉門蟄居生活は、先人の声にじっくり耳を傾けるチャンスでもある。ときどき開いては視聴していたら、「悲劇的な状況に直面した時に、どこに希望を見出すか」について、彼が語っている場面があった。

それは、子どものころ、ニュースや映画で、悲劇的な惨状が映し出されると、彼のお母さんがいつも「そこに助けに入っている人を探しなさい。かならずいるはずだから探しなさい」と、彼に諭していたという話で始まる。そして、彼は「目を覆うような惨状を報道する立場にある者は、そこに助けに入っている人の姿を、その映像の中に取り込むために、全力を尽くす必要がある。なぜなら『助けようとする人』がそこにいる、ということが希望なのだから」[1]と、語っている。

それを聞いた瞬間、２０１６年、長期化し泥沼化する内戦と大国の軍事介入で、壊滅

1. Fred Rogers full interview: How to have hope in the face of tragedyより引用（阿部訳）

的な人道危機に陥ったシリアから、命がけで子どもを連れて逃れ、ぼろぼろの避難民としてドイツで保護された人が、希望について語っていた言葉を思い出した。「手を伸ばして、自分が助けられる人がひとりでもそばにいるならば、希望はあると思いなさい——私は母から、そう教わりました。ここまでの道のり、私には、私が助けるべき子どもがいた。だから、希望を失わずにいられたのです」。祖国では、生物工学のエンジニアであったという彼は、そう言っていた。

どういうわけだろう。私は、希望というのは、事態が好転し、問題を乗り越えた先に存在するものというイメージ、長い暗いトンネルの先に見える光のようなイメージをずっと持っていた。そして、どう目を凝らしてもそれが見えないことに、焦りを感じていた。しかし、希望というのは、トンネルの先にではなく、この問題だらけでどうしようもない、暗く長いトンネルの中にあるものだった。

フレッド・ロジャースは別の講演の中で、「世の中には、助けようとする人が、実にたくさんいるものだ。だから人は誰でも、助けようとしている人を、自分のそばに見つけることができる」とも言っている。とすれば、希望を見つけられるかどうかは、助けようとする人がそこにいることに、自分が気づけるかどうか、それにかかっているのかもしれない。彼のお母さんが「そこに助けに入っている人を探しなさい。かならずいるはずだから探しなさい」と言っていたのは、危機に際して、自分を助けようとする人がそこにいることに気づく力を、子どもにつけさせようとしていたのかもしれない。そしてそれは同時に、「危機に際した時、自分が助けるべき人が、手の届くところにいるかどうか、常に探しなさい、きっといるはずだから」ということでもあるのだろう。

希望という言葉は、絵本『はらぺこあおむし』の作者エリック・カール[2]のインタビューの中にも出てきた。アメリカで生まれた彼は、第二次大戦前にドイツ人の両親と共にドイツに渡り、あの美しい色や楽しいお話からは想像もできないような、絶望と隣りあわせの青年時代を送った人だ。大戦後、その絶望の土地から身ひとつでアメリカに戻り、1969年に出版した『はらぺこあおむし』は、すでに半世紀以上、世界中の子どもの愛読書であり続けている。

エリック・カールは晩年、「なぜあの本は、時代を超えて子どもを魅了するのだろうか」というインタビュアーの問いに対して、「長いこと自分でもわからないでいたが、子どもを救う希望の本だからではないかと、何十年もたってから気づいた」と答えていた。そして「私が助けている子どもは、私自身かもしれない」とも。

自分の中に、自分を助けようとするもうひとりの自分がいることに気づくこと。希望は、そこにもありそうな気がする。

2. エリック・カール Eric Carle (1929–2021)　アメリカの絵本作家

助けること、助けられること

振り返れば三十年以上もの間、母国語が使えない異国の中でひとり、よちよちと英伊独の外国語を覚え、それを使いながら暮らしてきた。そして、知らない言語を持つ、ずいぶんたくさんの国にも出向いて仕事をしてきた。そういう暮らしを続けた中で、言葉を学ぶということについて、ひとつ悟ったことがある。それは、どの地にいようと、誰といようと、人として生きていくために最も大事な会話、なによりも先に覚えるべき言葉は、

「助けてください。手を貸してください。Would you please help me?」
「私にできることはありますか。手をお貸ししましょうか。How can I help you?」

このふたつに尽きる、ということだ。Hello《ハロー》でもない、My Name is《マイネームイズ》でもない、このたったふたつのフレーズ。このふたつが言えるかどうかに、人として生きていけるかどうかが、かかっている。そして、フレッド・ロジャースが言うように「助ける人がいること」が希望であるならば、このふたつが言えるかどうかは、希望の問題でもある。

これらのフレーズが、ものを運ぶのを手助けするような日常の場面から、生死がかかった危機的な場面まで、どんな場面においても、自分の口からすっと出るかどうかは、日々自分を鍛えているかどうかにかかっている。そう強く思うのは、日本で育った自分の中に、人を助けることには躊躇がないのに、助けてもらうとなると、なにか恥であるかのような感覚、申し訳ないことをお願いしているような感覚が染みついていて、助けを乞う言葉は、すっとは自然に出てこない、そういう自分がいることを知っているからである。

日本の暮らしの中で、「手を貸しましょうか」と言われた時に、反射的にまず出る言葉は「いえいえ、大丈夫です」だった。「手を貸してください、助けてください」という言葉は、自分でやってみて、できるだけやってみて、もう自分だけでは無理だ、どうしてもだめだ、となって、やっと発すべき言葉である——どこで刷り込まれたのかわからないけれど、私はそんな風に思い込んでいた。そして、日本を出てしばらくの間、「手を貸しましょうか」と言われても、その刷り込まれた日本語会話を異国の言葉に直訳し、「大丈夫です」「大丈夫です」と連呼している自分がいた。ましてや「手を貸しましょうか」と向こうから言ってもらってもいないのに、積極的に助けを乞う、というのは、なかなか勇気がいることで、できることなら助けを乞わず、余計な迷惑をかけずにすまそうとする自分がいた。

しかし、これは間違っていた。余計な迷惑をかけないつもりであっても、助けるほうの立場になってみれば、勝手にぎりぎりまで我慢をして、手がつけられないような状態になってから「助けてくれ」と言われるのが、一番大変なのである。助けたくても、もう助けられないかもしれない。そんな状態になる前に、できることなら「手を貸しましょうか」と申し出た時に言ってくれれば、いくらでも助けようがあったのに。助けるほうとしても、助けられるほうとしても、そういう場面をいくども体験した。

見えない脅威に囲まれ、確かな未来などないのは、人の世の常らしい。二十一世紀の便利な都市生活の中にいると忘れてしまいがちだが、歴史を振り返って見ても、安泰でなにも起きなかった時代など、あったためしがない。自然災害や、日々のもめごとから紛争、戦争に至るまでの人災、寄せては返す波のようなパンデミックに、繰り返し、繰り返し、見舞われ続けてきたのが人間の歴史なのであって、今この世に存在しているのは、その中で手を貸したり、借りたりしながら、生き延びてきた者の末裔だ。手を借りて助かった喜び、手を貸して助けることができた喜び、このふたつは常にセットになっていて、その中に希望を見出すのが、人間の自然な姿であるならば、助けを乞うことは、遠慮して避けるような行為ではなく、むしろ活性化させていいものだ。そう理解することで、私は、自分が日本で身につけてしまったおかしな呪縛から、自分を解放することができた。

言葉ができないとは、どういうことか。それは「助けてください。手を貸してください」と言えないこと、「手を貸しましょうか」と言えないことだ。それは、外国語に限らず、母国語であってもだ。そして、もし、それができないとすると、その先にあるのは、ピエール・ブール[1]のSF小説『猿の惑星[2]』に登場する、「言葉を失った猿」という絶望的な人間の姿、希望の対極にある姿だけだ。希望がない世界とは、経済力を失った世界でも、快適な環境を失った世界でもなく、言葉を失った世界のことを言うのだろう。

希望のある未来を創造しようと思うなら、まずは、フレッド・ロジャースのお母さんが繰り返していたように、自分のそばにかならずいる、見えていなくてもかならずいる、助けようとする人を探すことだ。そして、もっともっと助けてもらおうとすることだ。希望は、助けを乞う自分の中にあるのだから。そして、無事助けられたあかつきには、今度は、助ける人になればいい。手の届くところにいる人を助けようとする自分もまた、希望であるのだから。

1. ピエール・ブール Pierre Boulle (1912–1994)　フランスの小説家
2. 小説『猿の惑星 *La Planète des Singes*』(1963) は 1968 年に映画化、以降シリーズ化され「猿の惑星　聖戦記」(2017) まで、計 9 本の映画が公開されている

Have a Star's eye view 星の目で見る

III

星の目で見る

２０２０年1月以降、地上では、常にどこかの都市が封鎖され、どこかの国境が閉じられている。目に見えないウイルスは、海越え山越えひとりで旅するような力は持っておらず、人間を乗りものにして世界に広がってゆくものなので、人という乗りものの動きを制限して、その拡大を抑制することは、多くの疫病を生き延びた先祖たちが残してくれた、経験的な生き残りの知恵だ。

「ちょっと前までは、なにも考えずに、あそこを飛んでいたのよね」と思いながら、飛行機雲が引かれなくなって久しい空を、何度となく仰ぎ見る。人々は大地に固定され、引かれた境界線の枠の中での試行錯誤に右往左往をしているが、その上空では、大きな雲が形を変えながら、人間の境界線を悠々と超えて流れていく。

雲だけではない。窒素、酸素、アルゴン、二酸化炭素、リン、カリウム、セシウム、森林火災や火山噴火の煤と灰、マイクロプラスチック――数えきれない物質を含む、目には見えない粉塵も、大気の風に乗って悠々と流れていく。命を支えるものも、命を脅かすものも、流れていく。それらは、どこかで雨粒に紛れて地上に落ち、地中に浸透し、あるいは、新たな粉塵となって舞い上がり、延々と地球の上空を流れ続ける。

誰がどう地上に線引きをしようと、これらの目に見えないものを、自分の領域内に囲い込んだり、領域内から排除したりすることはできないのであって、地球上に暮らす者は、その流れていく「見えないもの」に命を預けている運命共同体であることを、ふいに実感する。「見えないもの」と共に空を飛んでいた時ではなく、大地に自分を固定して空を見上げた時、初めてそれに気づくというのも、なんだか不思議だけれど、最も近しい微細なものに気づくためには、目を近づけるミクロの視点よりも、遠く離れた望遠の視点、マクロの視点が必要なのかもしれない。

実際、今、私たちの命を支えている大気の成分や、微細な粉塵一粒一粒の行動を克明に追っているのは、宇宙空間に浮かぶ「星の目」だ。地上から約四百キロ上空の宇宙空間を秒速七・七キロの速度で飛行しているISS国際宇宙ステーションの目や、各国が打ち上げている人工衛星の目。それらが、地球の表面を覆う薄い大気の層を流れる「見えないもの」の行動を、観察し続けている。そして地上では、多くの科学者が、その目から送られてくるデータを解析し、地球環境の複雑な仕組みの謎を解きながら、そこに暮らすものの命への影響を分析し、ほんの少し先の未来を予測している。

アフリカのサハラ砂漠から舞い上がった紅砂とよばれる粉塵は、貿易風に乗って大西洋を渡り、五千キロ先の世界最大の熱帯雨林アマゾンに到達する。その様子を、宇宙衛星の目を通して観察し解析しているのは、NASAアメリカ航空宇宙局の大気科学者ホ

1. ホンビン・ユー Hongbin Yu　NASA Goddard Space Flight Center (GSFC) 所属の大気科学者

ンビン・ユーの研究チームだ。彼は、多様性の宝庫であるアマゾンの木々の繁栄が、サハラから運ばれる紅砂に含まれる栄養素に依存していることを証明した科学者だ。

大西洋上においては、わずかばかり紅みを帯びたスモッグとしてしか知覚できない、紅砂の粉塵。それが、四百キロ上空のＩＳＳの窓からは、うねりながら大西洋を渡る深い紅色の帯として、肉眼でもはっきりと見てとれるという。そこに長期滞在した宇宙飛行士たちが、その目で見た紅色の帯の様子は、２０１８年にナショナルジオグラフィックが公開したドキュメンタリー番組「One Strange Rock（邦題　宇宙の奇石）」の中で、宇宙飛行士たちの証言と共に紹介されている。

同映像の中ではまた、アマゾンに降り注いだサハラの粉塵に含まれる栄養素が、やがて川を下り、海に放出される時――顕微鏡でしか見ることができない小さなプランクトンが栄養を得ていっせいに繁殖するのが、宇宙から鮮明に見える様子も紹介されている。光が当たったプランクトンは、水とは異なる反射をするので、海の色が変わって見えるのだ。

珪藻《けいそう》と呼ばれる、この小さなプランクトンこそは、地球表面積の七割を占める海洋で酸素をつくり出し、大気に放出している生物だ。私たちの命がかかっている、目に見えない酸素誕生の瞬間は、宇宙までの距離をとって初めて、見ることができるわけだ。

今でこそ、宇宙から見た地球の姿を誰もが知っているけれど、人類が初めてその姿を見たのは、そんなに遠い昔の話ではない。人類初の月面着陸を目指したＮＡＳＡのアポロ計画の一環で、宇宙船アポロ八号が、史上初の有人月周回飛行に成功した、１９６８年のクリスマスイブ。人類は初めて、月の裏側から昇ってくる地球の姿を見た。その姿が全米にテレビ中継された時の様子は「Overview《オーヴァービュー》」[2]というドキュメンタリー映像の中で、見ることができる。

人類史上初めて月の裏側へ回り込んだ、宇宙船アポロ八号。その小さな窓から見える月の裏側の景色を、地上に送るためにカメラを構えていた宇宙飛行士ウィリアム・アンダース[3]が、ふと月の地平線から昇ってくる地球に気づき、その地球にレンズを向ける。地上の宇宙センターのスタッフたちは、思いがけずモニターに飛び込んできた地球の姿に息を飲み、なにか神々しいものを見るように、じっと見入っている――。

ウィリアム・アンダースは「月を探検に行った私たちが発見したのは、地球という星でした。しかし、実を言うと、ひたすら月のことだけを考えて計画に邁進していたので、地球を振り返って見ることなど、当時は誰も考えていなかったのです」と告白して

2. *Overview* (2012)　Planetary Collective 制作
3. ウィリアム・アンダース William Anders (1933–)　アメリカ NASA の宇宙飛行士

いる。また、哲学者のデイヴィッド・ロイは、[4] それは、人類の新しい自己認識の瞬間、すなわち、人類が「自分たちは宇宙空間に浮かぶ星の上で暮らしている」ことを悟った決定的な瞬間であったと、その映像の中で語っている。

星の目で、初めて人間が自己認識をした瞬間から、すでに半世紀を超え、気がつけば誰もが自分の机の上に、カバンの中に、ポケットの中に「星の目」を持っている。自分の視点を大気圏の上空のどこかの衛星にセットし、モニターという窓から、地球を、大地を、そして自分自身の暮らしを、いつでも眺めることができる夢のような道具。それは、すでに私の手の中にある。

そうか、このスマホやらタブレットやらというデジタルデバイスの究極の存在意義は、そこにあったのか。これは、地上からは見えないものを見るための道具、新しい自己認識を更新するための究極の道具だったのだ。

以来、地上でどんなに目を凝らしても見えないもの、答えが見えてこないものについては、デバイスの中の「星の目」を使って、自分が固定されている現在地——地球という星を眺めながら、つらつらと考えることにしている。

4. デイヴィッド・ロイ David Loy (1947–) アメリカの哲学者、禅の研究者、作家

地球という家

1903年、ライト兄弟[1]の動力飛行の成功から始まった航空時代の夜明け。近代建築の巨匠ル・コルビュジエ[2]は、空を飛ぶことに情熱を注いだ冒険家たちの数々の挑戦を、目を輝かせながら追い続けた航空時代の落とし子だ。彼は、産声を上げたばかりの商業用の民間航空機に乗って、さまざまな国や都市の上空を積極的に飛びまわり、それまでの建築家に見えていなかった、未来の都市のあるべき姿、人の暮らしのあるべき姿を「鳥の目」で発見した建築家だった。

二十世紀初頭、命知らずの冒険家たちが曲芸のように操縦し、飛行記録を競っていた原始的な飛行機は、1914年、史上初めての世界戦争（第一次世界大戦）が始まると、空からの新しい攻撃を可能にする軍用戦闘機や爆撃機となり、飛躍的にその性能を向上させた。そして1918年に大戦が終結すると、それは商業用旅客機となり、民間航空時代の幕が開く。民間人のための旅客機は、空爆によって破壊された都市の復興、暮らしの復興、そして、大戦の終結と共に世界中に広がったスペイン風邪という二十世紀のパンデミックの克服を誇示する「新しい時代」の象徴だった。

ル・コルビュジエは、旅客機が人類にもたらした「鳥の目」で、十九世紀の大都市を

1. ライト兄弟 The Wright Brothers: Wilbur Wright (1867–1912), Orville Wright (1871–1948) 動力飛行機の発明者、有人飛行の成功者として知られるアメリカの兄弟飛行士

2. ル・コルビュジエ Le Corbusier (1887–1965) フランク・ロイド・ライト、ミース・ファン・デル・ローエと共に「近代建築の三大巨匠」と呼ばれるスイスの建築家

俯瞰して初めて、西洋の都市計画の根本的な間違いに気づいたと『AIRCRAFT《飛行機》』(初版1935年)という伝説の著書の中で語っている。また、アフリカで千年以上も同じ生活様式、建築技術を守る民が暮らす、サハラ砂漠の中の都市M'Zab《ムザブ》を、低空飛行で俯瞰して初めて悟ったという、あるべき人間の暮らしのありようについても、その本の中に書き残している。

それから百年。百年前とは別次元のスケールで拡大する疫病の克服を死に物狂いで模索しつつ、傷んだ地球環境を復興させる「新しい時代」を夢見る私たちの目に耳に飛び込んできたのは、民間宇宙企業スペースXが、民間人四人だけが乗船する自立運航の商業宇宙船の三日間の地球周回旅行を成功させた[3]——というニュースである。民間航空時代が幕を開けて百年後の今、民間宇宙時代の幕が、切って落とされたのだ。大富豪たちの突飛な冒険として人々の心をざわつかせているこのニュースも、五十年後、百年後には、人類が名実共に「星の目」を手に入れた瞬間の象徴として、振り返られるのだろう。

この世界初の民間人による地球周回旅行は、準備から乗船体験、地球帰還までのすべてのプロセスが、ほぼリアルタイムで編集され、迫真のドキュメンタリー動画として公開されている。スマホひとつ手元にあれば、まるで自分も宇宙にいるかのような疑似体験を堪能できる現代人にとって、宇宙旅行の目的は、おそらくただひとつ——地球を見

3. 商業宇宙船「クルードラゴン」は、3日間の地球周回旅行を成功させ、2021年9月18日に帰還

ることだ。地球を振り返ることなど考えもせず、ひたすら月を目指した１９６８年から半世紀の時間を経て、人類は、地球を離れることの本質を理解するところまで、成長したのかもしれない。

SDGs（持続可能な開発目標）を含むアジェンダを採択した、２０１５年の国連サミット。そのサミットのオープニングで披露された「HOME（家）」と題されたメッセージ映像がある。その目標が、地球にいながらにして「星の目」を授かった者たちに課せられた目標であることを示唆する映像だ。それは、こんなナレーションで始まる。

HOMEとは何か。人によって、それは家であり、街であり、国である。（中略）しかし、そこから離れて自分自身を見つめると、何をHOMEと捉えるかは、視点と距離の問題であることに気づく。過去五十年に宇宙へ行った宇宙飛行士は皆、同じことを悟っている——この地球全体が、私たちの家なのだ、と。[4]

そして、自ら「星の目」となることを志願した歴代の宇宙飛行士たちの証言が続く。

4. *HOME* (2015) 59 Productions. Mark Grimmer 監督、Richard Curtis 制作より引用（阿部訳）

地球は小さく、青く光り、
そしてものすごく孤独だ。
この私たちの家は、尊い遺産であり、
それを私たちは全力で守らなければならない。[5]

——Aleksei《アレクセイ》 Leonov《レオノフ》

1965年、人類初の宇宙遊泳を果たし、奇跡の生還をしたソビエトの宇宙飛行士

月に到着して、地球を見つめる。
地上のすべての違いや、国の特徴なんて、全部同じに見える。
ここから地球を見たら、誰もがこう悟るだろう。
地球は、たったひとつのつながった世界なのだと。
なぜ私たちは、慎み深く、仲良く共に暮らせないのだろうか。[6]

——Frank《フランク》 Borman《ボーマン》

1968年のアポロ八号の乗務員として、人類で初めて月から昇る地球の姿を見た

宇宙滞在の初日、七人の乗組員たちは、
シャトルの窓から自分の国を指差した。
三日目には、自分の大陸を指差した。
そして、五日目には、皆、地球はひとつなのだと気づいた。[7]

——Sultan《スルタン》 bin《ビン》 Salman《サルマン》 Al《アル》 Saud《サウド》

1985年、史上最年少二十八歳の宇宙飛行士としてスペースシャトルに乗船

宇宙にいても、私たちは地球とつながっている。
そう、そこが、私たちのHOME。私たちが還る家。[8]

——Nicole《ニコール》 Stott《ストット》

2009年、ISSでの長期生活滞在に挑戦するミッションに参加
ISSからリアルタイムのツイートを発信する @nasa_up の最初のメンバー

5. 6. 7. 8. *HOME* (2015) 59 Productions. Mark Grimmer 監督、Richard Curtis 制作より引用（阿部訳）

月まで飛んで地球を発見したアポロ八号の宇宙飛行士さながら、ル・コルビュジエは、空を飛んで都市を発見し、それを自らの建築と都市づくりの指針とした。この百年の間に、人類が相当に傷つけてしまった地球という家を復興させ、暮らし続けるための指針は、地球にいながらにして「星の目」を授かった私たち、生まれながらにして「星の目」を手にしている二十一世紀の小さなル・コルビュジエたちが、その目を凝らして、なにを発見するかにかかっている。

私たちは、「星の目」で、なにを発見できるだろうか。多くの宇宙飛行士とその舞台裏で尽力する人々の、命がけの努力の恩恵を受けて「星の目」を授かったという、あたりまえではないありがたさを、常に心しておくことが、だいじなものを見逃さないための鍵かと思っている。

地球の園丁《えんてい》

地球という、すべての生きものの唯一無二の暮らしの場をどう捉えたら、私たちは、「見えない脅威と共存しながら、皆で暮らしてゆく」ということの本質に、近づくことができるだろうか。

アポロ八号で月の裏側まで行った宇宙飛行士たち、そして彼に続く宇宙飛行士たちは、その目で見た地球を「家」であると捉えた。その家に「Spaceship Earth（宇宙船地球号）」という名をつけたのは、１８９５年生まれのバックミンスター・フラー[1]。ジオデシック・ドーム[2]という構造体を発明した建築家として、今日までその名を残し、また、二十世紀を代表する思想家、実践哲学者としても知られる人だ。

十九世紀末、消費財の大量生産や、生活必需品製造の機械化、輸送手段の革新が加速し始めた第二次産業革命の時代に彼は生まれ、十九歳で第一次大戦勃発、二十三歳でスペイン風邪のパンデミック、三十四歳で世界大恐慌を経験し、四十四歳で第二次大戦勃発、五十歳で第二次大戦終結の年を迎えている。激変する世界の大波に何度も飲み込まれ、命を絶つ寸前まで追いつめられながら、建築、デザイン、幾何学、工学、科学、地図学、救命学を独学し、実に五十年もの時間をかけて、独自の経験的な知恵を貯えてい

1. バックミンスター・フラー Buckminster Fuller (1895–1983)　アメリカの思想家、建築家
2. ジオデシック・ドーム Geodesic Dome　1974年にフラーが考案した測地線多面体のドーム構造体

る。そして、その経験的な学びから得た包括的な視点で人間の暮らしの問題を分析し、持続可能な世界のあり方を模索し、大戦終結翌年の１９４６年には「One Town World（ひとつの町である世界）」という、新しい暮らし方のビジョンをスケッチしている。そして、１９６９年、人類が月から見た地球の姿を初めて見た翌年には『Operating Manual for Spaceship Earth（邦題　宇宙船地球号操縦マニュアル）』という小さな本を世に送り出している。

生態系を痛めつけることなく、
誰も置き去りにすることなく、
この世界を、
最小限の時間で、
１００％人道的に機能させるために。[3]

——Buckminster《バックミンスター》 Fuller《フラー》

地球という家をひとつの宇宙船と見立て、その複雑で緻密な仕組みを、よりよく機能させるために、人間がその船の乗務員として、限られた燃料をどのように活用し、船を航行させてゆけばよいのか、どのようにして未来の世代の暮らしを保証すればよいの

3. Operating Manual for Spaceship Earth (Lars Müller Publishers. new edition 2008,2020) 扉より引用（阿部訳）

か、そして、そのためには暮らしの発想をどのように転換すればよいのか――彼が俯瞰する包括的な世界観と提案をまとめた小さな本だ。初版が出てから半世紀たった今、この思想と知恵の詰まったタイムカプセルを開き、誰よりもその声に耳を傾けているのは、傷だらけの地球号に乗って荒波の中をゆくことを覚悟しながら、持続可能な未来を実感できる人生を希求する若者たちである。この本は、バックミンスター・フラーが未来の世代に贈った本なのだと思う。

本の中で彼は、「豊かさとは、その船の上で、ある数の人間が生きていくための準備ができている未来の日数のこと」、すなわち、将来の世代の命と暮らしを保証することができる未来の日数のことであると定義している。この本が書かれたころに比べたら、物質的に豊かになったはずの現代に、今、絶望的な貧しさをもたらしているものがあるとすれば、すでに船体は傷み、あちこちに穴が開き、未来の日数が刻々と削られているというのに、いまだ自分たちは豪華客船の乗客であると思い込み、船内カジノでもうけを積み上げることや、ビュッフェの囲い込みに始終している、人間の暮らし方にあるのだろう。

それでも、頻繁に体感するようになった見えない脅威の大波小波は、もはや自分が乗客ではないこと、乗務員としての矜持《きょうじ》を持って、しっかりしなければならないことを、否が応でも気づかせてくれる。

酸素も水も食糧も、地球が与えてくれるものを消費するばかりの乗客として、のんきに育ってきた自分が、実は、乗務員のひとりとして登録されていたことに齢《よわい》六十に近づいて気づく――というのは、なんとも情けない話ではあるけれど、そういう時、思い出すのは、オスカー・ニーマイヤーの遺言のような言葉だ。

それぞれが自分の小さな役割を果たせばよいのだ。
自分なりのリスクを背負い、自分の考えを持ち、自分の未来を発明する。
それだけで、世の中は変わるはずだ。[4]

――Oscar《オスカー》 Niemeyer《ニーマイヤー》

大きな問題を目の前にして、自分にはなにもできないような気持ちになった時、このマエストロの言葉は、いつも頭の中に現れて、私を励まそうとする。バックミンスター・フラーが、宇宙船地球号の本を世に出した時、すでに七十四歳であったことを思えば、この歳で気づいたからこそ、私が果たせる小さな役割というのも、まだあるのかもしれない。一〇四歳のオスカー・ニーマイヤーから見たら、私など、やっと立ち上がったばかりのヒヨッ子だ。

4.『ニーマイヤー104歳の最終講義――空想・建築・格差社会』(2017) 平凡社 P.41より引用

それにしても、いったい自分になにができるだろうか。どんな役割を担えばいいのだろうか。そんなことを、頭に貼りつけてうろうろしていたら、今日の国際的な環境政策の原点とも言われている1986年発表の論文『Sustainable Development of the Biosphere（生物圏の持続可能な発展）』[5]の中の「The Earth as garden（地球という庭）」という小さなエッセイに目が留まった。ハーバード大学ケネディ行政大学院教授、ウィリアム・クラーク[6]が書いたものだ。

それは、「人間の活動によって地球の環境を変えようとする時に、人間がどんな役割を担うイメージを持つのが良いだろうか」という問いから始まる。地球の複雑な生態系について理解できていることは、実のところほんの僅かであって、工学的な操作によって宇宙船地球号をコントロールするには、人間はまだまだ程遠いところにいる。ならば私たちは、エンジニアとしての役割を担おうと焦る前に、まず「地球という庭」の健康を管理する「Gardener: 園丁《えんてい》」であろうとするのが良いのではないだろうか、という話だった。

そこでいう庭とは、植木を美しく刈り揃えた庭園ではなく、山があり、川があり、畑があり、虫がいて、動物がいて、時折竜巻に襲われるような、暮らしの環境のことだという。自分が暮らす庭の生態系の本質を知覚する経験を積むことで、その庭の健康を管理し、無知が招く間違った開発を察知し、その間違いから庭を守る「園丁」。

5. "*Sustainable Development of the Biosphere*" International Institute for Applied Systems Analysis Laxenburg, Austria

6. ウィリアム・クラーク William C. Clark (1948–) ハーバード大学ケネディ行政大学院教授 70年代から地球規模の環境政策づくりを牽引する Sustainability Science の創設者

ああ、これだ。

デザインを学ぶことの本然は、自分の暮らしの環境の質を、自分で判断できる力を持つことだと思いながら、自分がコツコツとやってきた仕事の先にあるのは、この「園丁」という役割かもしれない。閉門蟄居の半径五百メートルのごく限定された暮らしの環境の中にも、知覚可能な生態系の本質が詰まっていることは、環境を知覚する筋トレ、もう十年以上、毎日実践している「デザイン体操」という、身のまわりの小さな自然環境の中のデザインの宝探し遊びを通して実感している。気楽な遊びでありながら、毎日の定点観測によって知覚できる生態系の本質は、ずいぶんとたくさんある。

自分を鍛え続けて、いつか「地球の園丁――暮らしの環境を専門とする園丁」という役割を担えるようになりたい。いや、専門というような、大それた役割でなくてもいい。暮らしの環境の世話をしたり、整えたりすることができればそれでいい。

ひとつ向こうの未来が見えた気がする。

Play the Extraordinaries
非日常のルーデンス
Ⅳ

非日常のルーデンス

気がつけば、非常時の暮らしの作法が、日常の作法として定着し始めている。常に人と距離を取り、身体的な接触は極力避け、マスクを着用して鼻と口を覆う。室内に多人数が集まるような会合は避け、不特定多数の人が触れるものには素手で触らないようにし、頻繁に手を洗うよう心がけ、食べものを他人と分けあうようなことはせず、しゃべりながら食べることは控える……。

無意識に行ってきた暮らしの習慣やしぐさにまで制限がかかるようになると、こんな暮らし方を続けて、人は人間らしく生きていくことができるのだろうか、という疑問が湧いてくる。と同時に、こうなる前のあたりまえの暮らし方が、果たしてどれほどまでに人間的なものだっただろうか、という疑問も湧き上がってくる。そして、それを突き詰めていくと、そもそも人間らしく暮らすとはどういうことなのか、なにをもって「人間らしい」とするのか、という問いにたどり着く。この問いはおそらく、非常時に向きあうたびに、人間が繰り返し自身に問うてきた根源的な問いなのだろう。歴史を繙くと、人間らしさの本然を言いあてようと苦心した先達による、さまざまな定義が現れる。現生人類を「Homo《ホモ》 Sapiens《サピエンス》 賢い人」と命名したのは、十八世紀のスウェーデンの博物学者カール・フォン・リンネだ。[1] 分類学の父と呼ばれ、あらゆる生物を二語のラテン語で表現する二命名法を体系づけたリンネは、その賢さが絶対的に上のレベルにあるという点——すなわち、アタマガイイということを「人間らしさ」の本然であると定義した。

　人間が道具や機械を用いて本格的に自然を支配し始めた十九世紀になると、ドイツの哲学者マックス・シェーラー[2]が、人間の自意識の中の自己定義のひとつを「Homo《ホモ》 Faber《ファーベル》 工作する人」と命名している。道具をつくり、工作ができること——アタマガイイ上に手先も器用だ、ということを「人間らしさ」の本然とする定義だ。

　しかし、知恵を働かせ、器用に道具をつくり上げ、驚異的なスピードでありとあらゆる工作をした結果、人間がしでかしてしまった致命的な間違い——地球環境のバランスを破壊し、自らも含めた多くの種を絶滅の脅威にさらすという、他の生きものが絶対にしないような間違いを思うと、人間が、「sapientia《叡智》」や「faber《独創的》」などという輝かしいラテン語にふさわしいのかどうか、疑わしい気もしてくる。実のところは、手を使ってなにかをつくることが楽しくてたまらない直立するおサルと、余計なことをあれこれ考え始めたヒトとの間を、行ったり来たりしているだけなんじゃないだろうか……。

　それにしても、地球規模の環境の惨状を引き起こし、未来の世代までをも滅ぼそうとする素質が、本当に「人間らしさ」の本然だろうか——。それもまた、違うような気が

1. カール・フォン・リンネ Carl von Linné (1707–1778)　スウェーデンの博物学者、生物学者、植物学者
2. マックス・シェーラー Max Scheler (1874–1928)　ドイツの哲学者、哲学的人間学の提唱者

する。たぶんだけれど、今、私たちの目の前にある惨状は、多分にせっかちなところがあるおサルの一種が、他の生きものに比べて格段にアタマガイイとか、手先が器用だとか、自尊心をくすぐられる命名にポーっとして、調子に乗りすぎた結果なのだろう。

人類が自己利益の追求に邁進するようになった二十世紀に入ると、遊び心という見えないものが社会から失われてゆくことに危機感を抱いたオランダの歴史学者。ヨハン・ホイジンガ[3]が「Homo《ホモ》 Ludens《ルーデンス》 遊ぶ人」という命名を試みている。

彼は、ヨーロッパから日本まで、古今東西の言語や文化の歴史に精通し、それらを鳥瞰して遊びの概念を考察することによって人間の歴史の再構築を試みた博識の学者。1938年に初版が出て以来、今日まで読み継がれている不朽の名著『ホモ・ルーデンス』の中で、「人間の本然としての遊び」を定義する六つの要素を挙げている。

それは、自由に行われるもの。自由そのものである。
それは、非日常の中で行われるものである。
それは、物質的な利害や金儲けに、いっさい関わらぬものである。
それは、場所や時間の制約の中で行われるものである。
それは、ルールと相応のマナーを要するものである。
それは、秘密を共有する社会的な仲間づくりを促すものである。[4]

3. ヨハン・ホイジンガ Johan Huizinga (1872–1945) 近代文化史の祖と呼ばれるオランダの歴史学者
4. *HOMO LUDENS A study of the play-element in culture* (1949 年、英語版) P.13 より引用（阿部訳）

人間の本然としての遊び。それは、でき上がっているものに遊ばれているような暇つぶしの娯楽とは異なり、人間の自由に空想し創造する能力を、大いに要する行為であるという。この六つの要素を眺めていると、暮らしの環境を襲う数々の災害がもたらしている、かつての日常とは一線を画した非日常の時間、これまでのルールが機能しないばかりか、利益の追求すら意味を失っているようなこの時間は、人間が遊ぶという本然を発揮するのに、この上ない好条件を備えた時間のようにも思えてくる。

実際、非常時の「日常」は、こうでなければ、こうするべきだという、これまでのルールから、ずいぶんと私を自由にしてくれている。新しい暮らし方を創造したり、提案したりするのに、これほどふさわしい時間が、今までの私の人生にあっただろうか――。「Homo Ludens 遊ぶ人」を、もう一歩踏み込んで訳すなら、「空想と創造の力で、より人間らしくあろうとする人」とも訳せるだろう。三年目に入った閉門蟄居生活の中、尽きない不安は否定できないながらも、その一方で非日常を遊ぶことに私を邁進させているのは、自分の「人間らしさ」を維持し、取り戻そうとする本能なのかもしれない。

「Ludens《ルーデンス》」という言葉は、英国のロックバンドBMTH（ブリング・ミー・ザ・ホライズン）[5]が、2019年にリリースしたヒット曲のタイトルとしても登場した。「Ludens」は、欧州で圧倒的な人気を誇る日本のコンピュータゲーム開発スタジオ「コジマプロダ

5. ブリング・ミー・ザ・ホライズン BMTH (Bring Me the Horizon)
2004年に英国Sheffieldで結成された、国際的に人気の高いロックバンド

クション」[6]のマスコットキャラクターの名前でもあるそうで、この曲を書いたボーカルのオリヴァー・サイクス[7]は、「サピエンスからルーデンスへ」をモットーに人気のゲームを開発するクリエイター小島秀夫の描く未来像に、多大な影響を受けているという。ヨハン・ホイジンガの命名から八十年、「ルーデンス」は、ゲーミング世代と呼ばれる若者の間で、再び熱いキーワードとしてよみがえっている。

「Ludens」を紹介する英国の楽曲解説サイト[8]では、キーワード「ルーデンス」を「創造的な精神の力を駆使し、世界の問題を解こうとする人のこと」と紹介している。見渡せば、この世のものとは思えない量のプラスチックごみであふれる海や、廃棄されてゆく食糧の山に挑戦する新しい遊びを次々と創造し、これまで見過ごしてきた問題を、嬉々として解こうとしているルーデンス、人間の尊厳をかけて、未来の日数を増やす新しい遊びに熱中している「非日常のルーデンス」が世界中に存在する。ここから先は、ぜひそう呼ばれる人類の仲間でありたいものだ。

6.「コジマプロダクション」 ゲームクリエイター小島秀夫が2015年に設立したゲーム開発スタジオ
7. オリヴァー・サイクス Oliver Sykes (1986–) BMTHのボーカリストであると同時に、ファッションブランドDROP DEAD Clothingを率いるデザイナーとしてもカリスマ的人気のある英国のミュージシャン
8. www.songmeaningsandfacts.com

新しい作法を遊ぶ

ソーシャル・ディスタンシングの概念が、新しい暮らしの作法として定着して、すでに久しい。握手やら、ハグやら、ほっぺにキスキス、という習慣を持つ欧州人にとって、この新しい概念は、これまでのソーシャルマナーに大層な転換を強いるものだった。ビジネスの世界では「肘をあてっこする」という相手の皮膚に触れない新しい作法が生まれ、気がつけば、皆もうそれに慣れてしまっている。

2020年の春には、「ソーシャル・ディスタンシングはいいが、この手持ち無沙汰をどうすればいいのだ」という、多くのビジネスパーソンの困惑に答える、ありとあらゆる提案が、ネットの情報空間にあふれていた。シンガポール大学の教授は、自然に距離が取れてしまう日本人のおじぎを「実に健康的な習慣である」と紹介し、互いのつま先をぶつける「フットシェイク」のバリエーションはSNSに乗って世界中を駆け巡り、握手の強さで互いをけん制するというマッチョな習慣を維持したいと思うなら、いっそこぶしで胸をたたくゴリラのドラミングはどうだろうという提案など、よくもこんなことまで思いつくものだという泣き笑いの提案がいっせいに開花した。

握手の原点は「手に武器を持っていませんよ」と、空《から》の手を互いに示すことにあるそうだが、そのような物騒な心配のない場であっても、それが延々と続いてきたのは、相手に対する信頼や敬意や平等をアピールする形骸化した型として定着していたからだ。2009年に世界百二十カ国に広がった新型インフルエンザのパンデミック以来、握手が持つ潜在的なリスクについての警告は何度も出されていながらも、本格的に変えようという動きには至らなかった。しかし、しがみついていた習慣も、超特大パンデミックの到来であきらめざるを得なくなったら、もう次の瞬間には、さっそく新しい作法をあれこれと遊び始めている。やっぱり人類は、ホモ・ルーデンス。新しいことを思いついたり、試したりしている時が、一番キラキラしている。

この非常時に突入した瞬間から、見事なホモ・ルーデンスぶりを発揮していたのは、子どもたちだった。欧州第一波の中、ベルリンでは、全市民自宅蟄居の対策がとられ、学校はいっせい休校、児童公園は閉鎖され、屋外に一歩でも出るならば、大人にも子どもにもソーシャル・ディスタンシングの作法が課せられた。しかし、距離を取ってこそできる遊びというのはずいぶんあるもので、学校が休みに入るや否や、スタジオの上の階に住む小さな姉妹は、車が通らなくなった道を走り回りながら、凧揚げに夢中になっていた。ふたりが距離をとって初めて、凧は揚がる。

翌日には、もうひとり近所の子が加わって、縄跳びの縄を何本かつなげて長い長い縄をつくり、三人で大縄跳びをして遊んでいた。これも距離をとればとるほど、豪快に面白くなる遊びだ。大人たちがおたおたしている間こそが、子どもにとっては天国で、大人が邪魔さえしなければ、ホモ・ルーデンスは、永遠に遊び続けることができる。

イタリアのデザイナーで、教育者でもあったブルーノ・ムナーリ[1]は、「遊び」という行為を、気晴らしのための遊戯ではなく、認識のための行動であると捉えていたという。[2]不可思議な世界を認識するための「遊び」の中で、彼がとりわけ大事にしていたのは「他にどんなやり方があるだろうか」と、問い続けることだった。そして「新しいやり方」を発見すると、まるでそれがずっと存在していたかのような自然さで、次々と披露して見せる。彼は、ホモ・ルーデンスのロールモデルのような人だった。

彼が未来の世代に残していった最後の教本『空想旅行』[3]は、「他にどんな方法があるだろうか」と自問し、新しい方法を無限に発見する力を養うための演習帳だ。ホモ・ルーデンスの本能を磨こうと、私も繰り返し挑戦しているが、彼がいとも簡単にやってみせる、優雅でユニークで楽しいヒットというのは、なかなか出せるものではない。よきホモ・ルーデンスであり続けるには、空想力の筋トレが欠かせないことを、頭がしびれるような筋肉痛は、私に教えてくれる。

1. ブルーノ・ムナーリ Bruno Munari (1907–1998)　イタリアのデザイナー、教育者
2.『ブルーノ・ムナーリのファンタジア　創造力ってなんだろう』(2013) ヴァンジ彫刻庭園美術館 P.8 アルベルト・ムナーリの寄稿文より
3.『空想旅行 *Viaggio nella Fantasia*』(1993) トランスビュー

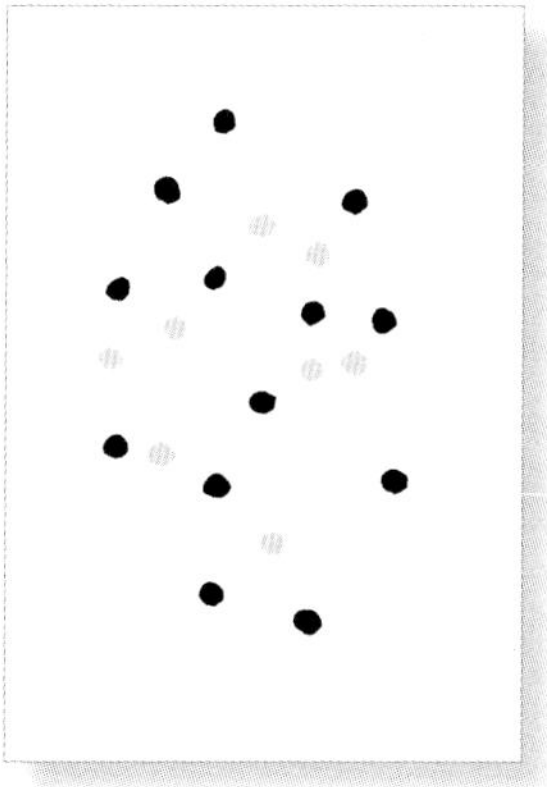

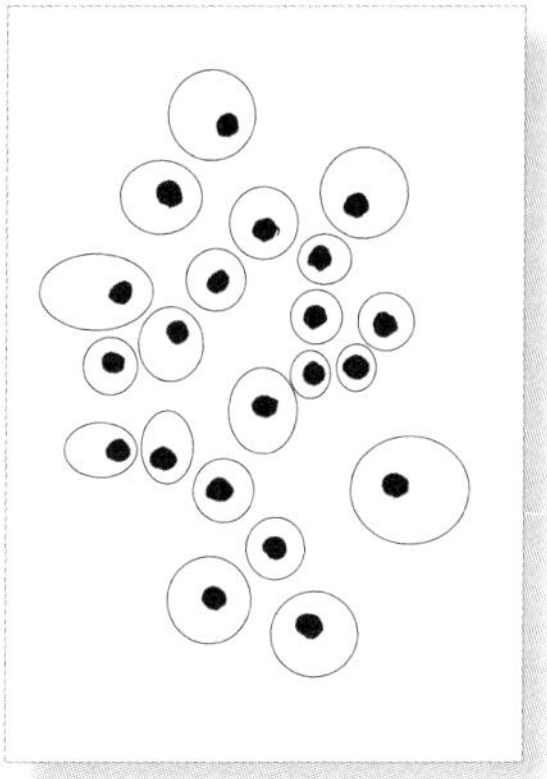

1

2

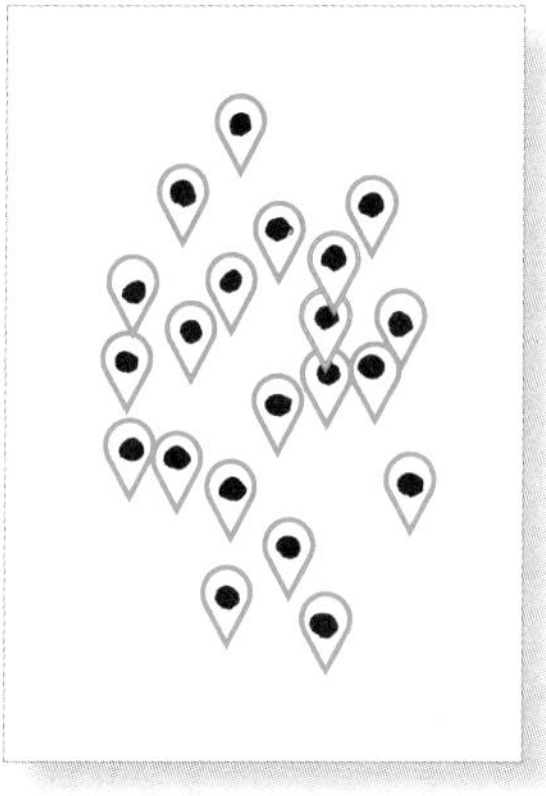

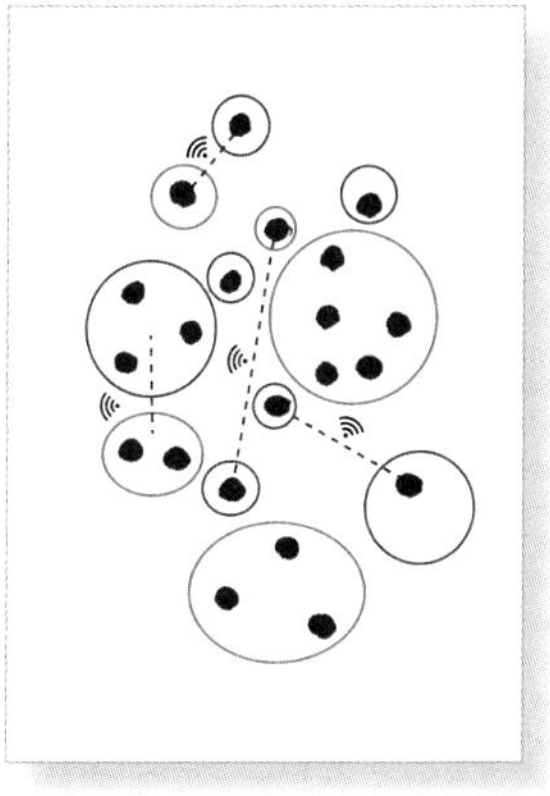

3

4

阿部雅世による「空想旅行」の自主トレ｜ベルリン 2020

1. 屋外空間におけるソーシャル・ディスタンシングの確保

2. 自主隔離の日々

3. アプリの地図上に現れた、ベルリンの新型コロナ検査会場

4. 2020 年のクリスマス。私的空間での集まりは 2 世帯、計 5 人まで（ただし、子どもは除く）

ソーシャル・ディスタンシングという新しい作法が現れて、気づいたこと。それは、人と人とのあるべき距離というのは、置かれた椅子の距離や、机の幅といった、暮らしという舞台の上の小道具のしつらえによって、ごく自然に調整できるということ。思えば、パンデミックに至るまでのひと時代というのは、経済効率と経済成長の旗印のもと、世界中の都市で、本来あるべき距離をちょっとずつ縮め、大勢の人を限られたスペースに押し込むようなことを、意図的にやってきた時代ではなかったか。それは、私自身を含む空間の設計士たちが、限られた空間をやりくりし、ひとりでも多くの人を詰め込んでみせれば、上手上手と褒められた時代で、そのなれの果てにあるのが、感染症の拡大に最適で、心の余裕を持つことすら難しい、現代の暮らしの環境だ。

人間が健康に暮らすにふさわしい社会的な距離、人が心の余裕を保つのにふさわしい社会的な距離とはどういうものか。もう一度そこに立ち返り、暮らしの小道具を意識的に微調整する。そうして、誰もが人間らしく健康的に生きていけるような、余裕を整える。それが、この先、暮らしの環境をデザインする者に課せられる新しい任務となるのだろう。それは、誰にも気づかれないようにちょっとずつ小道具を動かして、暮らしのあり方を修正する遊び、人間らしさを取り戻すための壮大な遊びでもある。

さて、上手にできるかな。

時空自在

人と距離をとり、隔離生活を送る——これは人類が疫病の波をかぶるたびに繰り返してきた作法だが、今この時代に、かつてとまったく違うことがあるとすれば、隔離の枠から出ることなしに物理的な距離を超えるための道具と技を持っているということだ。

私が日本から欧州に渡ったのは、個人が使える国際間のコミュニケーションツールは、手紙か国際電信電話だけという１９８９年だが、やがてインターネットの時代が始まり、２００４年にスカイプが登場すると、日本と欧州にいる私との間の物理的な距離は、魔法のように消滅した。モニター越しに顔を見て話す臨場感はもとより、チャットの筆談は、距離という概念のない別の次元で互いの思考をつなげるもので、聴覚を通さずに脳と脳が直接つながるような不思議な親近感がある。このスカイプ導入の瞬間が、私にとっての物理的な距離の消滅、時空を超える時代のはじまりだった。

以降、次々と登場するツールをアップデートしつつ、物理的な距離を飛び越えて、仕事や教育活動を展開してきたが、この技は、コミュニケーションをとる双方の物理的、心理的な環境が揃わないと使えないので、まだまだ自由自在とはいかない歯がゆさもあった。それだけに、世界同時多発的な都市封鎖をきっかけに、誰もが仮想空間に自由に出入りして、親密なコミュニケーションをとる時代が、本格的に幕を開けたことを実感するのは、まさに感無量——この先にあるのは、時空自在の時代だ。

実在空間でやっていることを、仮想空間で忠実に実現しようとすると、不具合ばかりが目につくが、仮想空間でしかできないことも、実はたくさんある。この制限だらけの世界の中に、誰もが時空を飛び越えて出入りできる、まっさらな非日常の空間がぽっかりと姿を現したのだ。あると思えばある、ないと思えばないような、クラウド上の仮想空間というのは、見方を変えれば、無限に遊べる「空想空間」なのであって、身動きが取れなくなったホモ・ルーデンスの空想力を、これほどまでに刺激してくれる場もそうはあるまいと思う。

「実在空間ではできないどんなことが、この仮想空間でできるだろうか」と自問し始めた瞬間、そこは、永遠の「空想空間」になる。距離が存在しない異次元空間が秘める可能性を探り、人が人らしく活動するための新しい遊びを、研究や教育のプログラムの中で展開してみる——これは、閉門蟄居を続ける私の、今一番の楽しみであり挑戦だ。

距離のない異次元空間で対話を活性化させるための小さなオンライン・セッションを、かつてない頻度で開いているが、そのひとつひとつが、時空自在時代の環境づくりの実験場だ。対話が活性化し、生き生きとしたアイディアが次から次へと生まれ、それらがどんどん育つようなプロジェクトを実現させたいと思ったら、まずは、実在空間とはまったく違うやり方で、仮想空間内の環境を整える必要がある。

最新の実験場となったのは、地球環境のバロメーターとして注視すべき、熱帯雨林アマゾンから発信される情報をテーマにした研究プロジェクト。多くの人にとって目には見えていないアマゾンから発信される情報を、誰もが自分ごととして受け取れるようにするために、デザインでできることはなにか——それを模索する試みだ。

最初の意見交換のセッションに集まったのは、歩いてアマゾンの熱帯雨林に行けるというエクアドル在住のデザイナーをはじめ、アマゾンの一角に暮らす先住民族の環境活動家、ブラジル在住の教育者、ニューヨーク在住の環境教育活動家、ロンドン在住の環境デザインの教授、シンガポール在住のデザイナー、そしてベルリン在住の私。アマゾンが見えるところにいる三人と、アマゾンが見えないところにいる四人。しかし、このテーマは、見えている、見えていないという立場から意見を交わすのではなく、せっかく距離が消滅した仮想空間を使うのだから、皆が「星の目」でアマゾンを見下ろせる場所に集まって話がしたい——。

仮想空間は、空想の力を使えば、どんなところにでも設定することができる。ここは思い切って、地球の四百キロ上空を周回している国際宇宙ステーションの有名なガラス張りのキューポラの中に集まって話をすることにした。そして、ほとんど初めて顔をあわせるメンバー誰もが、一緒に宇宙ステーションの中にいる気持ちになれるような、シンプルな演出を考えてみた。

イントロダクションは、宇宙から見たアマゾンのドキュメンタリーを、シェアスクリーンで一緒に見よう。それから画面は暗転。真っ暗な中、宇宙船が地球を離陸する爆音が聴こえ、それがやがて静かになると、全員がモニター上に並んで現れる。真っ暗な宇宙空間の中に、薄い大気圏に包まれた地球の地平線が大きな弧を描いている画像を、全員の背景画像に設定しておき、目を開けると、皆が、地球が見えるキューポラのガラス窓を背に座っている。そして、足元の丸窓から、一緒にアマゾンを見下ろしている気分で話をすることにしよう。

紙芝居レベルの稚拙なプロットだけれど、この程度の環境づくりなら、既存のオンライン会議のプラットフォーム上で簡単にできる。やってみると、「皆で宇宙空間に集まっている」という気持ちに不思議なリアリティーをもたらしたのは、背景画像の設定がなぜかうまくいかず、ひとりだけ研究室の書棚を背に登場してしまったロンドンの教授の存在だった。彼は恐縮していたが、「あららら、ひとりだけ地球に残っちゃったのね。他のメンバーは皆こちらにいるのに」と思うのに充分なインパクトがあったのだから、感謝しかない。

またエクアドルからの参加者は、服の色のせいで起こるエラーなのか、背景の宇宙にしっぽりと同化してしまい、宇宙の中からうねうねと顔と手だけが出て話し続けることになり、それは、まるで宇宙の声を聴いているかのようで、彼女の話には妙な説得力があった。笑いの絶えない建設的な意見交換が二時間以上も続き、大成功のセッションとなった。ロンドンの教授は、「次回は、ちゃんとワープします。皆とそっちに行きたかった」と泣き笑いの顔で言って、一番最後に画面から退出していった。

仮想空間であっても、その環境を整えれば、対話は活性化する。不完全で失敗だらけの紙芝居のようなセットでも、いやむしろ、そういう稚拙なものほど、人の空想力のスイッチを入れるには効果的であったりもする。とはいえ、技術の世界はどんどん進んでおり、ホログラムのように、モニターの外にふわりと姿を現すことも、もう夢ではないらしい。

「千《せん》と千尋《ちひろ》の神隠し」[1]というスタジオジブリ制作のアニメ映画の中で、銭婆《ぜにーば》が、湯屋「油屋《あぶらや》」のてっぺんの部屋に魔法を使って姿を現し「やっぱりちょっと透けるわねえ」とつぶやく場面があるが、あんな感じになるのだろうか。

あれは、いつかぜひ、やってみたいと思っている。

1.「千と千尋の神隠し」(2001)　原作・脚本・監督 宮崎駿。制作スタジオジブリ

V

Live Sustainably

持続可能な暮らしの心得

持続可能な暮らしの心得

未曾有の暴風雨、熱波、干ばつ、大洪水。地球上のどこかの暮らしに壊滅的な被害を及ぼしている気象災害のニュースを、毎日のように目にする。ＷＭＯ国連世界気象機関は、２０２１年版の気象報告書で、そのような災害に見舞われることは、すでに新しい日常なのであり、地球上の暮らしは「未知の領域」に向かっている、と発表した。ここは大丈夫、と言える場所が、もはや世界のどこにもないのは明白で、制御不可能な気象災害は、誰にとっても、明日は我が身の問題だ。「まさか自分の身に起きるとは」という常套句が、これほどむなしく響く時代もないだろう。

晩秋の一滴が残るベルリンでは、朝からIgnaz《イグナッツ》という名の嵐[1]が通過中で、雨は時折降るだけなのに、轟轟《ごうごう》と空が鳴るような暴風の波が押し寄せている。どこまでもぺったんこな平野にある内陸の都市だからだろうか、私が生まれ育った東京では聞いたことがないような音だ。刻々と光の濃度が変化する不思議な色の空の下、木々の枝は狂ったように暴れ、大きな波が押し寄せるごとに、しがみついていた紅葉が、紙吹雪のように宙に舞う。緊急体制に入っている消防から、ベルリン各地での倒木や停電、交通網遮断のニュースが、頻繁に更新されて入ってくる。

1. イグナッツ Ignaz　2021年10月21日に、ドイツ北部を通過した欧州ハリケーン。同じ週に3つのハリケーンが通過し、各地に洪水や倒木、大規模停電などの被害をもたらした地震も火山もなく、大規模な洪水に見舞われた記録もないという意味では、自然災害に対しては比較的のんびりと構えていたベルリンでも、近年は、熱波が来ると聞いては森林火災に身構え、大風が吹くと聞いては倒木や停電を覚悟し、大雨が降ると聞いては地下室の浸水に備え、流通のインフラが脅かされるたびに、備蓄の必需品を確かめて籠城を覚悟する。そういう暮らしが、いつの間にか新しい日常になっている。

便利な都市の暮らしの裏には、必要なものを必要なだけ効率よく運び入れ、運び出すネットワークがあり、都市住民の暮らしは、その複雑な蜘蛛の巣の糸の上を、毎日綱渡りしている。食糧は常にどこかから絶え間なく届き、エネルギーや水は住まいまで届けられ、出したごみはどんどん回収されてゆく。そういう、魔法のような手際の良さに目がくらんで、つい忘れてしまいそうになるが、都市の暮らしは脆《もろ》いものだ。物流や送電、ごみの回収という生活を支えるインフラが同時多発的に絶たれれば、恐ろしい数の人々が、瞬時にして命にかかわる困窮に直面するのであり、上空を通過してゆく暴風の轟音は、「都市の脆さに備えよ」という警告を、声を限りに叫んでいるかのようだ。

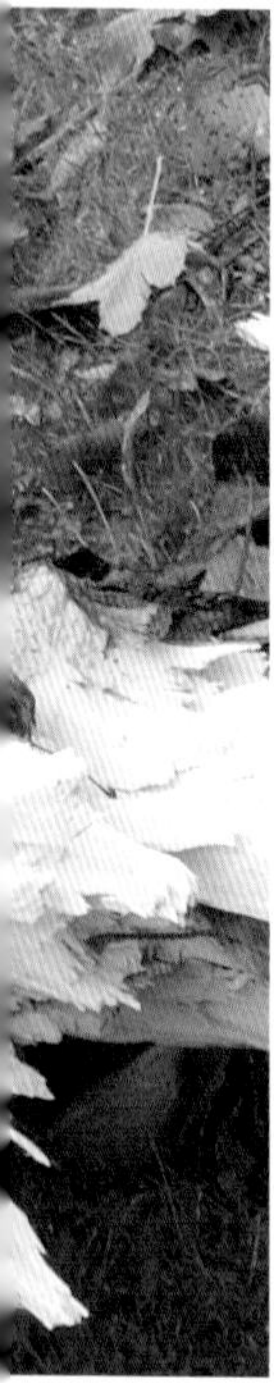

1990年、イタリアの国際デザインマスタークラスの実験校で、私が受けた最初の授業は、「ごみの問題は、デザイナーの机の上から始まっている」というアンドレア・ブランジ[2]の一言で始まった。当時のイタリアは、ごみの分別すらろくになされていない状況にあったが、スタイリストとしてではなく、哲学者、理論家、批評家として暮らしの環境の現実を注視し、新しい暮らしのあり方を模索することを、彼は、デザイナーの仕事であると認識していた。今振り返ってみると、あれは、環境問題に対するデザイナーの責務を教育の場で問うた、世界で最初のマスターコースだったのではないかと思う。おそらく私は、環境の質を問うデザイン教育を受けた第一世代だ。だからだろうか、暮らしの環境を整えるという問題は、どこからアプローチしても、かならずそこにぶつかる私のデザインの課題で、デザインを学ぶ根本は、自らの暮らしの環境を理解することにあると、ずっと思ってきた。

私が教育活動に関わるようになったのは、2000年。暮らしの環境改善のための八つの開発目標MDGs（ミレニアム開発目標）が、国連で採択された年だ。以降、時代時代の学生たちと共に、持続可能な暮らしのあり方を模索し、実証実験に取り組む機会を多く得たが、さまざまな実験はすべて、このような状況の中で「自分の暮らしを持続させる」ための実験であったことに、はたと気づく。最低限のエネルギーで快適な室温を保つ技も、極力ごみを出さない暮らしの技も、電力に頼らない技も、必需品を吟味し備

2. アンドレア・ブランジ Andrea Branzi (1938–)　ドムスアカデミー共同創設者、副校長。アルキミアやメンフィスのメンバーとして、70–80年代のイタリアのデザインを牽引したデザイナー

蓄する技も、限られた食糧を最大限に活用しておいしくいただく技も、自給自足の技も、持ち得るものを分けあう技も——いつ何時、生活インフラが途絶えようとも、慌てふためくことなしに、人間らしい暮らしを持続させるための心得であったのだ。

地球上で繁殖に繁殖を極めた人間の多くが、それぞれにちょっとずつ、いらぬ便利に流された暮らし方をした結果が、環境の惨事を引き起こしているのならば、そのひとりひとりが「明日の自分のためになにができるか」という小さなスローガンを掲げ、そのために暮らし方をちょっとずつ整えることは、今の惨事を悪化させないための一番確かで、理にかなった方法なのではないかと思う。

> それは、動物も含めた、ひとりひとりの命と暮らしの問題です。
> たとえ自覚はなくとも、ひとりひとりが、役割と責務を持っていて、
> ひとりひとりが、毎日、なにかしらの影響を与えているのです。[3]
>
> ——Jane《ジェーン》 Goodall《グドール》[4]

これは、英国の動物行動学者、ジェーン・グドールが、１９９１年から世界の若者に向けて発信し続けているメッセージだ。命の価値と自らの暮らしの持つ力を自覚せよと呼びかける彼女のメッセージに育てられた世界中の若者たちの活動と、そこに見出され

3. 2021年10月31日から、英国グラスゴーで開かれた国連気候変動枠組条約第26回締約国会議（COP26）において、ジェーン・グドールが発信したメッセージ映像より引用（阿部訳）
4. ジェーン・グドール Jane Goodall (1934–)　英国の動物行動学者、霊長類学者、人類学者

るたくさんの希望は『The Book of Hope（邦題　希望の教室）[5]』という、最新の著書の中に紹介されている。

都市生活を支えるインフラの破綻という惨事が、言いようのない大きな不安として、人々の心の中に鎮座している今、「ごみの回収が滞るたびに、自分のごみに埋もれて暮らさずにすむよう、極力ごみを出さない新しい暮らしの技を、身につけておこう」とか、「たびたび停電に見舞われるようになっても、暑さや寒さに怯えることなく、快適に暮らせる新しい暮らしの技を身につけておこう」とか、「食糧の供給が滞るようなことになっても、慌てずに暮らしてゆけるような暮らしの技を身につけておこう」という、自分ごととして、地球環境の危機を捉えるのは、それほど難しいことではない。私たちひとりひとりが、明日の自分の暮らし、手が届くところにいる誰かの暮らしを、守り続ける術を心得てさえいれば、不安の果てに人間らしさを失うような事態は避けられる。

持続可能な暮らしとは、助けたり、助けられたりする心の余裕や、人間らしさを持ち続けることができる暮らしのこと――耳の中に残る暴風の轟音《ごうおん》を思い出しながら、そんな考えにたどり着いた。

5. 『希望の教室 *The Book of Hope*』(2022) 海と月社

おいしい備蓄

三十年を超える欧州暮らしで、友人たちの暮らしを垣間見る中で印象的だったのは、必需品の供給が絶たれることを想定した籠城暮らしのための準備をしておくことが、日常の作法としてよくなされている、ということだった。

日曜祝日の商店は基本的に休業で、いつでも開いているコンビニや自販機も見当たらない。そういう事情もあるけれど、日本とはちょっと別の種類の「だって、いつなにがあるかわからないでしょう」という危機感を、皆、常に心のどこかに持っている感じだ。それは、ひとつの大陸の大地を共有し、国境を接して多くの国がひしめきあう中で感じる危機感、周辺国の政治的な紛争や自然災害が、常に自分の生活につながっていて、ある日さまざまな供給がぱったりと止まることはいつでもあり得るという危機感であり、また緯度の高い国ならではの、長く厳しい冬に備える習慣の名残もあるかもしれない。インフラの断絶やエネルギー供給の停滞を、誰もが現実的な脅威として実感する今、長期籠城暮らしのための準備をしておくことは、もはや当然の日常の作法である。

ドイツでは、このような非常時に突入する前から「救援が来るまでに自力で生き延びることを想定した必需品備蓄十日分」[1]を最低限、各家庭で常備することが推奨されてい

1. 2021年以降は、2週間分の備蓄を推奨している州もある

たが、それ以上の備蓄をしている人も多い。有事想定の危機管理意識は世界一と言われるスイスで、チューリッヒの公共住宅に住む友人は、普段から基本三カ月分を、有事にはシェルターとなる地下の倉庫に備蓄していた。さらに充実した備蓄をしていたのは、ワークショップのために滞在させてもらったイタリアの地方都市の職人親子の家。家族が一年は食べていけるという食糧庫には、通常のローリングストック用の棚とは別に、有事に備えた棚があって、そこには特別においしいものを揃えてあるという。有事に備える食べものと言えば、そのまますぐ食べられて、栄養があって、おなかが満たされることがだいじで、おいしいかどうかは問うてはいけないように思っていたけれど、「そういう有事の時こそ、うまいものを食べなきゃ元気が出ないだろう。腹を満たすだけじゃなくて、心を満たす食材を備蓄しておかなければ、有事は乗り切れないよ」と言われてはっとした。まったくもって、その通りだ。イタリア人よ、あなたたちは、どこまでも正しい。

2020年春、同時多発的な都市封鎖が始まり、食糧の供給は大丈夫だろうか、という現実的な不安が、ひたひたと社会の空気の中に広がり始めた時、まず思い出したのは、この職人の言葉だった。イタリアは、欧州で最初に、終わりの見えない都市封鎖を体験した国だったが、あの職人の家では、いつも以上においしいものを食べて自分たちを励ましながら、事態が収まるのを悠々と待っているのだろうと、容易に想像できた。

彼らの本格的な備蓄を知り、さらには、自分が疎開する田舎もない、都会暮らしの外国人として異国で暮らしているのだということを肝に銘じ、私も、基本的な必需品や食材は、しっかり備蓄するようにしていた。だから、閉門蟄居の暮らしが現実のものとなった時、ひとまず基本的な食材の備蓄はあったが――問題は、この限られた食材で、心が満たされるようなおいしい料理を、どれだけつくることができるかだった。籠城生活を想定した詳細なメニューまで考えてはいなかったので、私の最初のパンデミック対策は、備蓄の食材とにらめっこしながら、丸一日かけて、思いつく限りのおいしい料理のレシピのリストをつくってみることだった。

まずは、ライフラインは大丈夫だが、物流インフラが停滞する状況を想定してみた。日ごろから備蓄しているのは、基本的には原材料。豆や米、麦、小麦粉、クスクス、いろいろな種類のパスタ麵類、サラミや干し肉、ハードチーズ、ドライトマト、ドライフルーツ、ナッツ類、クラッカーなどの乾きもの。酢漬け、オイル漬け、ジャム、はちみつなどの瓶詰、サバ、ツナ、イワシの缶詰、濃縮トマトペーストの缶詰、暗いところにストックしておけばかなり長持ちの玉ねぎ、にんにく、生姜。オリーブ油、ゴマ油、ヴィネガー各種。ロングライフの牛乳。おいしいチョコレート。マジパンというアーモンドの粉を練ったねりきりのようなお菓子（これは十字軍の携帯食だったというおいしいパワーフードだ。なぜか日本茶にあう）。お茶各種。香辛料各種、等々……。普段はこれらに新鮮なものをあわせて料理しているわけだけれど、もし、この備蓄の組み合わせだけでしばらく暮らさねばならないとしたら、どんな料理を、何食分くらいつくれるだろうか。

　戦後ドイツを代表する作家、ジークフリート・レンツ[2]は、小説『Lehmanns Erzählungen oder So schön war mein Markt（邦題　愉しかりしわが闇市）』の中に、「困窮する時こそが最良の時。（中略）欠乏ほど、創造的な可能性に富んだものはない」[3]と書いている。それは実に真理を突いた言葉で、あるものだけで何とかしようとする時、人間の創造力は飛躍的に豊かになる。なんということのないものを、途方もなくおいしいものに化けさせる料理という技。これこそは、最高のデザインの技だと日ごろから思っていたが、驚くなかれ、悠々二カ月間、引き延ばせば三カ月間、毎日ちょっとずつ違う、自分を幸せにするおいしいものを、自分に食べさせていけるくらいのメニューを、ひねり出すことができた。同じ材料でも、練り方ひとつ、スパイスの使い方ひとつで、和風、欧風、中華風、東南アジア風、インド風、ロシア風、中東風、アフリカ風、中南米風と、バリエーションを広げられるのが料理の楽しいところ。さらには、ご飯を粥に、粥を重湯にするような技で、一食分の材料を、二、三食分に膨らませることもできる。料理という技の神髄はまさにそこにあり、これだけのメニューを思いついたからには、友人たちを呼んで皆に振る舞いたいくらいだが、パンデミックの制限下、それができない

2. ジークフリート・レンツ Siegfried Lenz (1926–2014)　20世紀戦後ドイツを代表する小説家
3. *Lehmanns Erzählungen oder So schön war mein Markt* (1964) P.5より引用（阿部訳）

のは残念でたまらない。

私の個人的な有事用の貴重品、滋養があるうえに心を満たしてくれる肝の食品は、殻付きのクルミ、練りごま、生姜、はちみつ、柚子ジャム。紀元前七千年から人類が食用にしていたと言われるクルミは、おいしい滋養の王様だ。殻つきのままだとかなり長期保存できると聞いたので、収穫時期には十キロくらい買って、一年かけて消費するような備蓄をしている。料理に使ってよし、お菓子にしてよし。はちみつ漬けのクルミひとつ、お茶うけにしただけでも、かなり心は満たされる。基本的に現地で手に入るものを自分流に料理しながら生きてきたので、ちゃんとした和食からは程遠い生活をしているが、それでも、練りごまと生姜は、私の和の心を元気にしてくれる魔法のような食品だ。コルシカ島で日本の柚子を育てている方から毎年いただく柚子ジャムは、神棚に載せておきたいくらいの貴重品で、これをほんのちょっと隠し味に加えるだけで、ほとんど具のない澄まし汁であっても、なんとも香り高い上品な和風になる。

使うお皿や盛りつけまでイメージした具体的なメニューを、あれやこれやと空想夢想して書き出してみると、どれだけ籠城が長引こうとも「なんか私、大丈夫なんじゃないか」という気持ちになった。各種ライフラインが切れることを想定した、プランB―C―Dのメニューも同じように考えてみたが、ソーラークッキングの技やら、保温調理の

技やらと、デザインのプロジェクトの中でいろいろ実験して生活に取り入れてきた技もあり、それなりの準備と覚悟さえしていれば、結構いけそうだった。あくまでも想定だから、絶対に大丈夫と言い切れるものではないけれど、空想も本気でやれば、根拠の定かでない不安から自分を解放するのには、ずいぶんと役に立つ。

ごはんがおいしいと元気が出ます。

——トミー・スタビンズ

これは、福岡伸一[4]の連載小説「新・ドリトル先生物語―ドリトル先生ガラパゴスを救う」[5]に出てきた、スタビンズ少年の言葉。閉門蟄居暮らしも一年を超えたあたりで、新しい籠城レシピを書き出していたころ、ちょうど目にしたこの一言は、職人の言葉と重なって、とても心に響いたので、書き出してキッチンの壁に貼り、常に心しておくようにしている。

4. 福岡伸一（1959–）　日本の分子生物学者。青山学院大学教授。ロックフェラー大学客員教授

5. 「福岡伸一の新・ドリトル先生物語――ドリトル先生ガラパゴスを救う」は、2021年4月1日から1年間朝日新聞教育面、および朝日新聞デジタルで連載されていた。2022年7月に書籍化

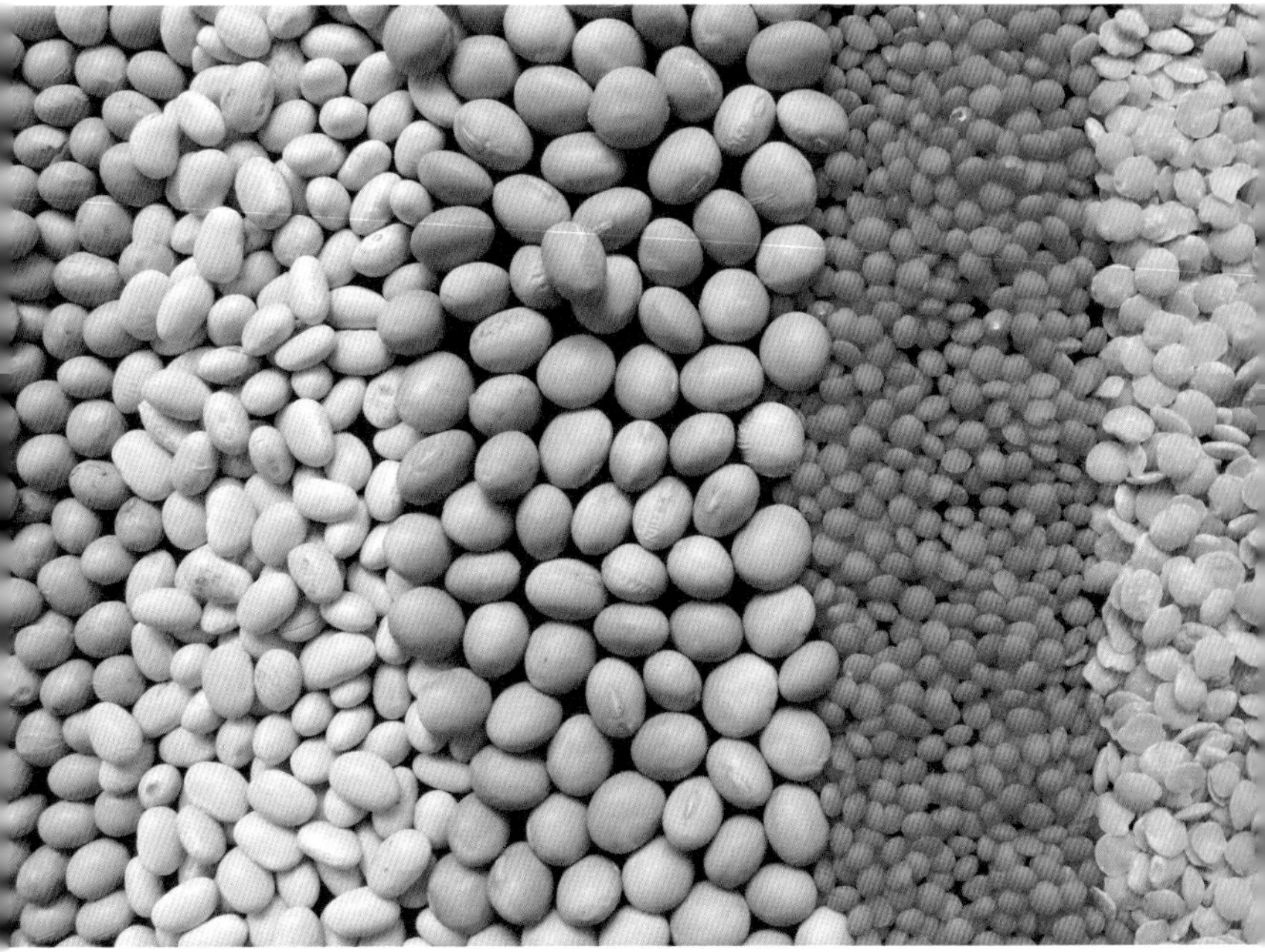

箱庭の中の小宇宙

物流インフラの機能不全がもたらす都市の食糧危機。その見えない危機への対策として、強く意識されるようになった目標のひとつに、都市の地産地消がある。ここ二十年ほどの間、その危機をいち早く察知した人々は、人口が密集し、耕す農地のない世界中の都市で、廃工場や集合住宅のテラス、屋上、さらには運河や海上に浮かべた浮島までを使って、大小さまざまな都市農園の実験プロジェクトを推進してきた。そして今、彼らの自発的で地道な活動の意味を、誰もが痛切に理解し始めている。

ベルリンには、都市農園のパイロットプロジェクトとして世界に知られるようになったプリンツェッシネンガルテン[1]という実験的なコミュニティー農園がある。すべての開発から取り残され、不法投棄のごみ捨て場のようになっていた空き地を、地域住民総出で片づけるところから始まったそのプロジェクトは、地面に触れることなく菜園をつくる技を磨くための市民主導の実験場だ。そこでは、業務用のコンテナボックスを二段重ねにし、中に段ボールを敷いて土を入れたものを鉢にして、野菜やハーブを育て、そこで培われた知恵や技を広く啓蒙するためのワークショップを開いている。地面から切り離されて宙に浮く五十リットルそこそこの土からでも、びっくりするほど立派なサラダ

1. プリンツェッシネンガルテン Prinzessinnengarten　キューバの都市型農園にヒントを得た Robert Shaw と Marco Clausen が発起人となり、2009 年にベルリン市内に開園した実験コミュニティー農園

菜やハーブやカボチャが育っていて、2010年に初めて訪問して以来、いつか私もやってみたいと思っていた。

2012年に入居した今のスタジオには大きなテラスがついていたので、見よう見まねで、土を入れた二段重ねの箱庭をずらりと用意した。が、いかんせん出張が多く、水やりもろくろくできず、パンデミック前の特に忙しかった数年は「放任の箱庭」と化していたのだが、それでも学んだことはいろいろある。

放任といっても、ここは日本のような湿気のある土地ではないので、箱や鉢にただ土をいれて放置しておいただけでは、ゲジゲジもダンゴ虫も住まないカサカサの砂になってしまう。だから、その時々の思いつきで、土をほぐして空気を含ませたり、お茶殻や砕いた卵の殻を土に混ぜ込んだり、空気孔になるかもとパイプの筒を差し込んだり、冬には落ち葉の布団をかぶせたりと、土を整えることだけは、あれこれやっていた。

そうすると、それなりに微生物や細菌が息づいて生態系をつくろうとする力が働き始めるらしく、いくつかの箱の中は、風や鳥が運んでくる種々雑多なタネが、思い思いに根づいては芽吹き、勝手に育ち、それぞれが小指の爪ほどの小さな美しい花を次々と咲かせ、多様性のお手本のようなミニチュアの草原になった。

環境の変化に強い「自然栽培」の基本は、土を整えることに尽きるらしい。渡邉格《わたなべいたる》[2]の『田舎のパン屋が見つけた「腐る経済」』という本の中には、「肥料を与えて〝育てる〟

2. 渡邉格 (1971–)　自家製天然酵母ベーカリー「タルマーリー」のオーナーシェフ

んじゃなくて、〝育つ〟ための土をつくる。場をつくるということ、それが『自然栽培』の最大のポイントなんだな」[3]と語る農家の話があった。ほおっておいたら砂になってしまうような箱庭を前にして、とりあえず土づくりと思ったのは、その言葉を思い出したからだけれど、どんなに根を伸ばしても、地下の水脈や大地のネットワークにつながりようのない箱庭の中で、それが機能するのかどうかは半信半疑だった。それでも、自力で育つべきものだけが育った結果が、この箱庭の中の草原なのだろう。大地から切り離された箱の中の小宇宙の姿には、育つということの本質を教えられる。

無期限の閉門蟄居に踏み切り「出かけない生活」を始めると、それまで目の端で追ってきただけだった箱庭の小宇宙をじっくりと観察する時間ができたので、どんな草が次々と姿を現すのか、本格的に調べてみることにした。すると、どの草も立派なラテン語の名前を持ち、詩的な呼び名があり、出身地があり、特性があるもので、雑草などと呼んでいたのが申し訳ないほどのコレクションだ。北ドイツ古来の伝統的なコンパニオンプランツとして知られる種もいくつか見つかった。

それにしても、農作地もクラインガルテンも近くにはない、大都会ベルリンの真ん中の集合住宅のコンクリートテラスの箱の中に、テラスのまわりでは見かけることがない、何種類もの古来種の野草が集まるというのも、なんだか不思議だ。この野草の種は、いったいどこから飛んできたのか——そうだ、ひとつ思い当たることがある。

3. 『田舎のパン屋が見つけた「腐る経済」』(2013) 講談社 P.126 より引用

生物の多様性を維持することを心にとめ、
野生のハチにとって良いことをしましょう。
それは、ある人にとっては些細なことに思えるかもしれませんが、
国家にとっては、大変大きなことです。

——Angela《アンゲラ》 Merkel《メルケル》[4]
２０１８年の国会の予算演説より

ドイツでは、持続可能な都市環境づくりのバロメーターとして、多様な種の野生のハチが生息できる環境をつくることが正式に目標化され、ベルリンでは、野生のハチが好む古来種の野草を組みあわせて、市内の緑地を草原化するプロジェクトが動いている。単一種の芝で覆われていた従来の緑地帯を、年に二回ほど刈り取るだけで、恒久的に自生する野草の緑地帯にアップグレードする試みだ。２０１９年の春から、近くの大通りの中央分離帯で、そのパイロットプロジェクトが動いているので、私の放任の箱庭は、そこから風や小鳥が運んでくるタネのおこぼれにあずかっているのかもしれなかった。

目に見えて日照時間が伸びてきたころからは、念願の「食べられるもの」を育ててみることにした。たいした収穫は期待できないにしても、自分のテラスでなにがどのくら

4. アンゲラ・メルケル Angela Merkel (1954–) 第八代ドイツ連邦首相（2005年11月22日–2021年12月8日在任）

い育つのか、知っておくのは悪くない。おいしい備蓄に新鮮なビタミンを添えるくらいのことはできるだろう。スパイスとして買ってあったコリアンダーのタネ、唐辛子の中のタネ、芽が出てしまったジャガイモなどを植えてみた。温室栽培のミニトマトなども、半信半疑ながら輪切りにして適当に埋めておいたら、かわいいことにどんどん芽が出て育ち始め、一時期の食卓と心を満たすには充分すぎるほどの実をつけてくれた。

カボチャを食べた後にとっておいた大変な数のタネからも、次々と元気な芽が出てきた。限られた土で育てるので、コンテナひとつに、ひとつかふたつを根づかせる。すると、大きな葉っぱがわさわさと茂り始め、テントウムシなどもやってきて、せっせとアブラムシをやっつけているなと思っていたら、まもなく甘い香りのする大きな黄色い花を、毎日たくさん咲かせるようになった。カボチャの花は、天ぷらにしても、おひたしにしてもおいしく食べられるので、実がつく雌花は残し、雄花はごちそうだ。この花は、ハチにも大人気なので、どんなハチが来ているのか、目を凝らしてみる。八種類のハチが確認できたが、ベルリンには三百種以上の野生のハチが生息しているというから、素人の目では見分けられていなかっただけで、もっと多くの種が来ていたかもしれない。

花粉媒介者として大活躍していたのはBumblebee《セイヨウオオマルハナバチ》。黄色と黒の縞の毛皮を着た、ずんぐりむっくりのかわいいハチだ。勝手にマーヤと名づけたこのハチが、足に大きなオレンジ色の花粉団子をつけ、せっせと花の中に潜り込む姿もかわいいが、おかげで結実した産毛の生えたカボチャの赤ちゃんもかわいい。秋には、夏みかんほどの大きさのカボチャを八個ほど、厳かに収穫した。

食糧危機を乗り越えられるほどの収穫はなくても、箱庭の小宇宙から得る環境情報の収穫は大きい。野生のハチは、多くの植物や虫の生態系を守る傘としての役割を果たしているので、その何種かでも来てくれたということは、ほかの植物や虫、人間もまだ大丈夫ということかと、ほっとする。ハチの姿を確認することは、見えない不安から自分を解放する行為でもある。そして、もしこの先、このテラスにハチが来ない春、レイチェル・カーソン[5]が言う「沈黙の春」を迎えることがあったら、それは、いよいよ覚悟をしなければならない時なのだろう。そうはなりませんように、来年も、野生のハチが集まる古来種の野草がたくさん育ちますように、と願いながら、箱庭にたっぷりと落ち葉をかぶせて、閉門蟄居二年目の凍れる冬を迎えた。

5. レイチェル・カーソン Rachel Carson (1907–1964)　アメリカの海洋生物学者
著書『沈黙の春 *Silent Spring*』(1962) で農薬の残留性や生物濃縮がもたらす生態系への影響を告発し
「鳥が鳴かぬ沈黙の春」という表現で、生態系存亡の危機を訴えた

生きとし生けるものの庭

閉門蟄居暮らしを始めて二度目の冬、スタジオのテラスの箱庭はすでに初雪の下にあり、長い冬眠に入ってしまったけれど、集合住宅の五階、地面からさらに切り離され、宙に浮いた箱の中にある自宅の窓辺では、極小の庭が淡々と生き続けている。テラスの庭が箱庭なら、この窓辺の庭は「盃の庭《さかずき》」とでも呼ぼうか。キッチンの窓辺に並べた水盃の中では、毎日、生命再生のライブイベントが繰り広げられている。

植物というのは、おとなしい静かな生きものなので、ついその強さを見過ごしてしまいがちだが、実は、切られても切られても再生しようとする途方もない生命力を、全身の細胞に秘めている。料理をする時に切り落とす根菜のヘタの部分でも、捨てずにちょっと水に差しておけば、美しい葉っぱがそこから育ってくる。北ヨーロッパの冬に欠かせないビーツという赤かぶは、食べる輸血といわれるほど栄養素に富んだ冬の定番の根菜で、私のお気に入りの食材でもあるけれど、このビーツから再生する葉っぱなどは、芸術と呼びたいほどの美しさである。真っ赤な葉脈と葉の緑の対比があまりに美しいので、蚤の市で手に入れたアンティークのグラスを水盃にして、うやうやしく育てている。ニンジンも、美しいレースのような葉っぱを次から次へと吹き出す、私のお気に入りだ。腹の足しになるほどの緑ではないにしても、茶わん蒸しやポタージュの上に切ってのせれば、かなり心が満たされる美しい葉っぱで、なにしろ収穫したてで食べるのだから、一口であってもたくさんの栄養が凝縮されているような気がする。

英国の脳神経医学者であり、その臨床経験をもとに多くのベストセラー小説を残した作家、オリヴァー・サックス[1]は、没後２０１９年に出版された『Everything in its place（すべてはあるべき場所に）』という本の中に「Why We Need Gardens（なぜ人は庭を必要とするのか）」というエッセイを残している。彼は、庭には、思考や行動や記憶が壊れてしまった人の中に、魔法のように人間性をよみがえらせる力があり、それが、どんな薬よりも効果があるということを四十年の臨床経験の中で悟ったと書いている。またこの本の書評の中で、ブルガリアの作家マリア・ポポヴァ[2]は、さらに半世紀前に書かれたレイチェル・カーソンの言葉をひとつ紹介している。

私たちの心の深いところに備わっている、
自然界とその命に反応するなにか——それは、
私たちの人間性の一部である。[3]

——Rachel《レイチェル》 Carson《カーソン》

1. オリヴァー・サックス Oliver Sacks (1933–2015)　英国の脳神経医学者
2. マリア・ポポヴァ Maria Popova (1984–)　ブルガリアの作家、批評家
3. *Lost Woods: The Discovered Writing of Rachel Carson*（邦題　失われた森 レイチェル・カーソン遺稿集）P.147 The real world around us (1954) より引用（阿部訳）

大地から切り離された箱の中に閉じ込められていても、自然界とその命に自分を反応させる方法はあるものだ。この盃の庭は、私が見過ごしてきた、生きとし生けるすべての命が持つ再生の力を、ここにしっかりと見ておれとばかりに、披露してくれる。盃の庭の中で命を再生させ続ける緑は、捨てず、あきらめず、育てようとしさえすれば、命というのは相当にしぶといものであることを、私に教えてくれる。

自分の爪や髪が伸びるのを、見るともなしに見ているとはいえ、切ったところから生えてくるような体を持っているわけではないし、日々の暮らしの中で、自分の再生能力を実感することはほとんどない。しかし、自分に見えていない体内では、毎日毎日、途方もない数の組織や細胞の再生作業がなされているらしい。

> 消化管の細胞はたった二、三日で作り替えられます。
> 一年もたつと、筋肉や肝臓、さらには骨や歯など、
> 昨年の私たちを形作っていた分子の大半が入れ替えられ、
> 現在の私たちは、物質的には〝別人〟になっているのです。[4]
>
> ――福岡伸一

4.『月刊 JA 64』2018 年 8 月号 P.5-9「私のオピニオン 福岡伸一」より引用

無意識のうちに自分自身を再生しているというのも不思議だが、物質的には、まったくの〝別人〟になっていながら、中身は相変わらずの自分、というのも不思議なものだ。見えないものは多々あれど、なによりも見えていないのは自分自身であり、今、切実に問われているのは、見えない自分とどう生きていくのか、ということなのかもしれない。

細胞の再生のようにうまくいっていることというのは、人間の意思や努力の外にあるようで、中途半端に考えたり、あせったりすると、うまくいかなくなるもののようだ。できることがあるとすれば、余計な意思や努力をうまい具合に停止してくれる睡眠環境を心して整えることくらいで、布団に自分を潜り込ませたら、あとはよろしく、とお任せするしかない。寝る子は育ち、細胞は再生する。「再生は寝て待て」という格言は、なかったかしら。

盃の庭を離れ、広い大地に目を移してみると、フランスの南東部ヴェルコール山塊のふもとに広がるグランバリー自然保護区[5]では、自然の治癒力に任せて生態系を回復させる試みが進んでいる。フランスのASPAS自然環境保護協会の統括下で行われている欧州最大級の自然環境再生のプロジェクトだ。それは、病んだ森が、気象条件が変わる未来にふさわしい原生林として、自らの力で再生するよう、植樹も間伐も行わない試

5. グランバリー自然保護区 La réserve de Vie Sauvage du Grand Barry

み。極力足を踏み入れず、自然が繰り広げる奇跡に目を凝らしながら、ただただ再生を待つ。せっかちなサルである人間は、すぐなにかをしたがるが、目に見えぬ複雑な生態系の命の仕組みをどうこうできるほど賢くない。このプロジェクトをサポートするフランクフルト動物学協会のゾルタン・クン[6]は、「私たちは神ではない」と、工作するホモ・ファーベルの思い上がりにくぎを刺す。

レオナルド・ダ・ヴィンチ[7]は、地球はひとつの有機体――そこに生きるすべてのものとつながった有機体である――と認識していたという。一滴の青い水玉のようなこの星においては、欧州の森林の再生も、箱庭の草原の再生も、盃の庭の緑の再生も、私の体内の細胞の再生も、実はみなつながっているのかもしれない。盃の庭で起きていることは、自分の中でも起きているのであって、今日まで、自分が生きてきたということは、すでに奇跡のような再生の積み重ねの上にあるのだとすれば、私たちは自分の中の再生する力を、もっともっと信用していいような気がする。

6. ゾルタン・クン Zoltan Kun　ハンガリーの森林技術者、生物学者、Frankfurt Zoological Society 主任研究員
7. レオナルド・ダ・ヴィンチ Leonardo da Vinci (1452–1519)　万能の天才と呼ばれたルネッサンス期の芸術家

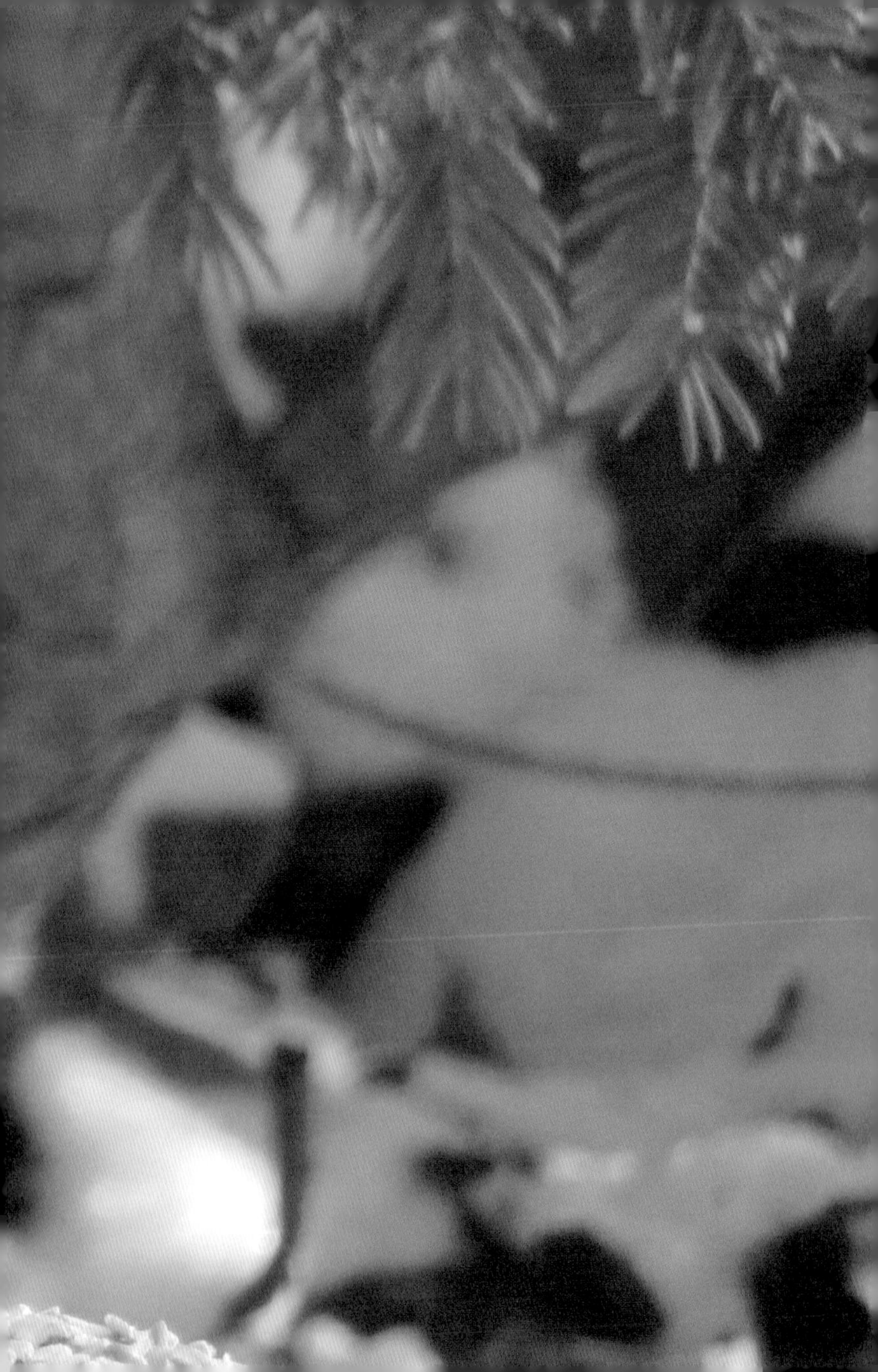

VI

Restore Humanity

良心再生の時

英語の「crisis《危機》」の語源は、古代ギリシャ語の「κρινειν《決断する》」という言葉にあるという。消化しきれぬほどの条件や情報と共に、日々押し寄せてくる見えない危機の大波小波は「それで、あなたはどうしますか」と、毎日のように、小さな決断を促してくる。

生まれ育った土地を離れ、できあいの道がほとんどないようなところに、自分を放り出して暮らしてきたので、自分のことは自分で決めるというのは、私にとっては、なにも新しいことではない。思えば、人生は、大なり小なり、小さな決断の積み重ねでできている。毎回、半信半疑ながらも、小さな決断で踏み出した先に「こう来るかあ」「そう来るかあ」と、想像をはるかに超えるかたちで現れたのが、今では過去となった、これまでの私の未来で、これからも、きっとそうなのだろう。

条件や情報を吟味し、ある程度の目星をつけ、こっちかな、と一歩を進めてみるわけだけれど、そのまま思っていたような未来になることなど、まずない。自分の小さな頭で想像できる未来など、本当にたかが知れているとつくづく思う。

できることしかできないし、なるようにしかならず、どちらに踏み出し、どの道を通ろうとも、すべての道はローマに通ず。たどり着くのは、きっと同じ一点でしかないのだろう。それでも、その小さな決心に意味があるとしたら、それは、冒険の道すがら、なにかを発見し、誰かに出会い、驚いたり、泣いたり、笑ったりするためなのだろう。だから、一歩前に踏み出すための、きっかけさえ見つかったら、あとは、ただただ驚きながら前に進むのでよしと思っている。

いくつかの選択肢の中から、ひとつの道を選ばなければならない、というのは、まだいいほうで、選ぶべき道などひとつも見えない行き止まりの窮地で、決心を迫られることもある。それでも、行き止まりの先の、目を開けているのか、閉じているかもわからないような漆黒の闇の中に目を凝らしていると、「お、それは、もしかして道?」という、誰も通ったことがなさそうな道のようなものが急に見えてきて、えーいと踏み出してしまった一歩もある。そうして、昨日はあっち、今日はこっちと歩を進めた千鳥足の痕跡は、どんなに頼りなく紆余曲折しているだろうかと思うけれど、振り返って見ると、凡庸なただの一本線だ。

そんなことを考えていたら、スタジオの壁に貼っていた、鈴木《すずき》大拙《だいせつ》[1]の言葉の中に「生命は一本の線」と、すでに書かれていたことに気づいた。私は今まで、なにを見ていたのだろう——。

1. 鈴木大拙 D. T. Suzuki (1870–1966)　日本の哲学者、仏教学者、文学博士

生命は、時という画布の上に、みずから一本の線を描く。
時は、決してくりかえさず、ひとたび過ぎゆけば、永遠に過ぎ去る。
行為もまた同様で、ひとたび行えば、戻ることはない。
生命は「墨絵」である。
ためらうことなく、理解しようとすることなく、
ただ心に想い描きながら、一筆かぎりで描かねばならぬ。[2]

——D. T. Suzuki

これは英語で書かれたエッセイの中の一文で、邦訳本[3]の中では、「ためらうことなく、知性を働かせることなく、ただ一度かぎりで描かねばならぬ」と訳されていた部分だ。鈴木大拙という知性の塊のような人が、「知性を働かせることなく」と言うとは——。ここで知性と訳されていたのは「intellection」という見慣れない単語だった。ほかにどんな意味があるのだろう、とOED（オックスフォード大英辞典）をあたってみると「理解しようとする思考の過程、または行為、すなわち想像の対極にあるもの」[4]と、解説されていた。そうか、鈴木大拙にとっての「知性を働かせることなく」とは、「理解しようとすることなく」という意味でもあり、同時に「想像し、心に想い描く」という意味でもあったか——。そう感じ入り、その解釈を頼りに、「ためらうことなく、理解

2. *Words by D. T. Suzuki–10* (*Practical Methods of Zen Instruction*)　鈴木大拙館配布資料より引用（阿部訳）
3.『鈴木大拙全集［増補新版］第 14 巻』(2000) 岩波書店　p.459
4. intellection: the action or process of understanding, as opposed to imagination. (*Oxford English Dictionary*)

しようとすることなく、ただ心に想い描きながら、一筆かぎりで描かねばならぬ」と、訳してみたら腑に落ちたので、それを書き出して、何年も壁に貼っていたのだった。

見えない脅威と生きてゆく時代には、理解できぬものは無理に理解しようとせず、前に進むのがよいのかもしれない。見えているものを積み上げて理解しようと呻吟するのではなく、見えていないものを心に想い描きながら、ただそれを発見するために、一歩を踏み出す。そんな風に進めばよいのだろう。

誰にも見えていない、理解不可能なものを発見する達人であったブルーノ・ムナーリは、その発見のための心得を、彫刻家が、石の塊から、いらぬものをそぎ落としてゆくことで、美しい彫刻という真髄に到達する過程に例えている。

> 理論的には、どんな石の塊も、その中に美しい彫刻を秘めている。でも、それを掘り起こしてゆくときに、彫刻を傷めないように、どこで、取り除きを止めたらよいものなのか。（中略）加える代わりに、そぎ落としてゆくことは、ものごとの核心を見抜き、その真髄を伝えることである。真髄にいたるには、時間や流行を除外しなければならない。[5]

5.『ムナーリのことば』(2009) 平凡社 P.66「シンプルにまとめるのはよりむつかしいこと」より引用

大きな黒い塊の中に埋まっている、理解不可能な見えないものを思い描き、それを傷めぬように注意しながら、見えているものを、少しずつ、丁寧に、そぎ落としていく。邪念と矛盾と混沌に満ちた思考の中から、いらぬものを見極め、断捨離していくという作業を経てのみ、人は、雑多な思考の下敷きになっている、心の中の本然を、目にすることができるのだろう。

積み上げることを良しとする時代において、そぎ落としていくことは、評価されない行為であったかもしれない。しかし、時間や流行に追い立てられて、もっと早く、もっとたくさん、もっと便利に——と目に見える成果を積み上げた先に、どうしてよいかわからないほどの混沌と絶望しか見えないのならば、私たちは、すべての葉っぱを一度落として人間の本然を再生する、新しいそぎ落としの時代の入り口に、もう立っているということだ。

思考の断捨離の果てに見えてくる人間の本然——それは、レイチェル・カーソンが言う「心の深いところに備わっている、自然界とその命に反応する人間性」、ヨハン・ホイジンガが言う「ホモ・ルーデンスの遊び心」であるだろうと、私は信じている。そして、それこそが、どんな人間の中にもかならずあるはずの、良心そのものなのだろうと思う。なぜなら、それらは、人間の子どもが、生まれながらにして、かならず持っているものだから。

見えないものと生きてゆくあなたへ

地球温暖化。PM2.5の大気汚染。放射能汚染。マイクロプラスチック汚染。水中土中の生態系の壊死。変異を繰り返しながら蔓延するパンデミック。戦争という人災がもたらす暮らしの崩壊。社会環境に充満する漠然とした不安。それが生み出す怖れや疑念。音もなく広がる貧困。そして、孤独。

見えない脅威と生きてゆく時代、日々飛び込んでくるニュースは、人間の最も悪い面が引き起こす絶望的なできごとでいっぱいだ。人間の最も良い面が紡ぎだす厳かな希望も、そこにはあるはずだけれど、それが見えてこないとすれば、人間の最も悪い面が引き起こす惨劇と脅威ばかりが、詳細に報道される現実があるからかもしれない。テレビ番組の制作者として半世紀近く仕事をしたフレッド・ロジャースが「目を覆うような惨状を報道する立場にある者は、そこに助けに入っている人の姿を、その映像の中に取り込むために、全力を尽くす必要がある」と、声を強めて語ったのは、惨劇の大きさに飲み込まれて、希望を伝えることを忘れがちな現場の人々を、見てきたからなのだろう。

彼のお母さんが「かならずそこにいるはずの助けようとする人」と表現した、人間の最良の面がもたらす希望は、人間がそこにいる限りきっと存在している。ならば、空想力を全開にし、すべての感覚を研ぎ澄まして目を凝らし続けるならば、どんなニュースの中にも、希望を見出すことはできるはずだ。

「世の中には、助けようとする人が、実にたくさんいるものだ。だから人は誰でも、助けようとしている人を、自分のそばに見つけることができる」というフレッド・ロジャースの言葉を、もういちど頭の中に響かせてみる。

疑心暗鬼という、目に見えない鬼が絶望の歌を大声で歌いながら闊歩する中に、希望を掘り起こすことができるかどうかは、目に見えていない人間の良心を、心に思い描くことができるかどうか、埋もれている良心の呼吸に、耳を澄ませることができるかどうか、そして、そこにあるはずの良心を、発見できるかどうか――ひとえに、各々が、見えないものを知覚できるかどうか、にかかっている。

鬼ばかりが闊歩するように見えるこの世界も、はるか上空の星の目で見下ろしてみるならば、人間のたくさんの良心が、あちらでもこちらでも、しぶとく再生し、キラキラと光を反射させながら沸き上がり、希望という名の大気圏となって、私たちを守っているのが見えるのだろう。だからこそ、そして、そのようにして、今この瞬間も、世界は成り立っているのだ。

子どもを不幸にする一番確実な方法は、いつでも、なんでも、手に入れられるようにしてやることである。[1]

——Jean-Jacques Rousseau《ジャンジャックルソー》[2]

二世紀半も前、名著『エミール』の中に書かれた、このジャン・ジャック・ルソーの警告は「見えていないものを、見つけよ」と、言われたとたんにフリーズしてしまう、現代人の不幸を示唆していたのかもしれない。「ないもの」を自分の目で発見し、驚き、わくわくする幸せを奪われる不幸。便利とお得がお膳立てされ、いつでも、なんでも手に入る、よりどりみどりの時代の不幸。どうも、私たちは、いまだその中にいるようだ。

しかし今、世界中に波紋を広げながら、いっこうに止まる気配を見せぬ、見えない脅威の大波小波は、工業化が始まって以来、人間が積み上げてきた実利と便利を制約し、停滞させ、そぎ落としている。ならば、これは、そのそぎ落としの波に乗って、よりどりみどりの不幸から自らを脱却させ、遊びを発見する才能を取り戻すためのチャンスだ。何者かわからなくなってしまった大きな黒い塊の中から、人間の本然を取り出すための、千載一遇のチャンスだ。

1. *EMILE Émile, ou De l'éducation* (1762) The Project Gutenberg Ebook #5427 英語版より引用（阿部訳）
2. ジャン・ジャック・ルソー Jean-Jacques Rousseau (1712–1778) フランスの政治哲学者、教育思想家今の若者に、どんな言葉をかけようか。
そうだ、私はこう言おう。
「なんでもいいからやってみなさい。どんなことでも！」[3]。
——Oscar《オスカー》 Niemeyer《ニーマイヤー》

一〇四歳のマエストロの励ましの言葉をいまいちど思い出し、ただ、そこにある良心の姿を心に想い描きながら、今日もひとつ、小さな決心をして、一歩を踏み出してみよう。そこにいる助けようとする人に、そこにある希望に、目を凝らしてみよう。人間の本然を芽吹かせるための環境を整える園丁として、思いつく限りの小さなことを、なんでもいいからやってみよう。

それで、なにが解決できるのかはわからない。どこにたどり着くのかも、わからない。けれども、そうしていれば、そこにある良心が再生する瞬間——この時代の最も美しい瞬間に、かならず立ち会えるはずだから。

3.『ニーマイヤー 104 歳の最終講義──空想・建築・格差社会』(2017) 平凡社 P.41 より引用

希望の本棚

P. 本書掲載ページ

P.14, 64, 136『ニーマイヤー 104 歳の最終講義』オスカー・ニーマイヤー著 | 平凡社
P.14『スマホ脳』アンデシュ・ハンセン著 | 新潮社
P.18『ファン・ゴッホの手紙 I・II』ファン・ゴッホ美術館編 | 新潮社
P.19『中西悟堂　フクロウと雷』中西悟堂著 | 平凡社スタンダードブックス
P.25『岡潔　数学を志す人に』岡潔著 | 平凡社スタンダードブックス
P.36『はらぺこあおむし』エリック・カール著 | 偕成社
P.42『猿の惑星』ピエール・ブール著 | 東京創元社
P.62『宇宙船地球号操縦マニュアル』バックミンスター・フラー著 | ちくま学芸文庫
P.73–74『ホモ・ルーデンス』ヨハン・ホイジンガ著 | 中公文庫プレミアム
P.80『ブルーノ・ムナーリのファンタジア　創造力ってなんだろう』| ヴァンジ彫刻庭園美術館
P.80『空想旅行』ブルーノ・ムナーリ著 | トランスビュー
P.97–98『希望の教室』ジェーン・グドール、ダグラス・エイブラムス著 | 海と月社
P.104『愉しかりしわが闇市』ジークフリート・レンツ著 | 芸立出版
P.106『新・ドリトル先生物語——ドリトル先生ガラパゴスを救う』福岡伸一著 | 朝日新聞出版
P.110–111『田舎のパン屋が見つけた「腐る経済」』渡邉格著 | 講談社
P.116『沈黙の春』レイチェル・カーソン著 | 新潮社
P.120『失われた森 レイチェル・カーソン遺稿集』レイチェル・カーソン著 | 集英社
P.129『鈴木大拙全集［増補新版］第 14 巻』鈴木大拙著 | 岩波書店
P.130『ムナーリのことば』ブルーノ・ムナーリ著 | 平凡社
P.135『エミール』ジャン・ジャック・ルソー著 | 岩波文庫、角川選書 シリーズ世界の思想

P.18 *The Letters of Vincent van Gogh*, Vincent Van Gogh
P.42 *La Planète des Singes*, Pierre Boulle
P.53–54 *Aircraft*, Le Corbusier
P.62 *Operating Manual for Spaceship Earth*, Buckminster Fuller
P.73 *Homo Ludens*, Johan Huizinga
P.97–98 *The Book of Hope*, Jane Goodall and Douglas Abrams with Gail Hudson
P.104 *Lehmanns Erzählungen oder So schön war mein Markt*, Siegfried Lenz
P.116 *Silent Spring*, Rachel Carson
P.120 *Lost Woods: The Discovered Writing of Rachel Carson*, Rachel Carson
P.129 *Practical Methods of Zen Instruction*, D. T. Suzuki
P.135 *Émile, ou De l'éducation*, Jean–Jacques Rousseau

あとがき

いつ暴発してもおかしくないだけの予兆を、私の意識の中に着々と積み上げていた目に見えないなにか。その積み上がった予兆の大波が、音もなくゆっくりと砕けるようにして前代未聞のパンデミックの大嵐は始まった。そうか、見えない脅威に対する緊急警報が慢性的に響き続ける時代というのは、こういうかたちで始まるのか——と、その到来を私が確信したのは、欧州からアジアへの航空便がいっせいに運航停止になり、空前のスケールでの国境封鎖が始まった２０２０年1月末のことだった。

ある日突然身動きができなくなり、あたりまえの日常が一瞬で消えてしまうような緊急事態の波は、これからも繰り返し繰り返しやってくるのだろう。すでに三年目を迎えた、きわめて原始的な閉門蟄居暮らしのまわりで、疫病の嵐は強まったり弱まったりしながらも終わりを見せず、気象災害は人々の日常を絶え間なく襲撃し、さらには戦争という人災までが、新しい脅威の波紋を、世界中に広げ始めている。

その中で、ちょっとでも動いたら天敵に気づかれてぱくりと食べられてしまうので、ひたすらじっとして身を守るという小さな虫のことを思い出しながら、目を凝らし、耳を澄まし、としていると、あたりまえのようにあったもの、積み上げてきたもの、そういうものだと信じ切っていたものが、ひとつ、またひとつと、失われていく過程に、今、自分はいるのだと感じる。

便利でお得な豊かさを極めようとしていたひとつの時代は、その裏側にいつも存在していた、貧しさや醜さのありったけを暴露しながら崩壊しつつあるようで、モニターの中を通過してゆくニュースだけを追っていると、すべてが「この世の終わり」に向かっているかのようであるのに、しかしどうしたことか、立ち止まった私の目の前にあるのは、なにもかもが、その殻を潔く脱ぎ捨てたかと思うと、もう再生の準備にとりかかっている、なんとも清々しい「はじまりの世界」だ。

見上げれば、新月は再び育って美しい満月となり、渡り鳥はカウカウと声をあげて季節の再来を告げながら、ベルリンの空を渡っていく。異常と言われた冬の間にも、枝や土の中では淡々と再生の準備がなされていて、ある瞬間、梢がふっと赤くなったかと思うと、次の瞬間にはいっせいに緑が芽吹きだす。見えないところで、どれだけの力を貯めに貯めていたのか、コンクリートブロックの隙間からも、がれきの隙間からも、命が噴き出してくる。リスやウサギや小鳥たちも、身ひとつでその命を謳歌し、今やるべきことに忙しい。そしてふとこちらに視線を向けると、「なにが失われているというのか」という顔をする。

そう。結局のところ、失われているように見えるのは、ごく表層の垢のような、どうでもいいものばかりで、それぞれが命の中に持って生まれた、生きるに必要なものは、なにも失われてはいない。正確に言えば、それは失われると同時に再生し、常に新しいはじまりをつくっている。昨日の困難は今日の遊びとして再生し、昨日の悲しみは今日の喜びとして再生し、昨日の邪心は今日の良心として再生する。

どんなに輝かしい成功に満ちていようとも、過去に希望は存在しない。希望は、手が届く未来にのみ存在するものだ。ならば、今日をあきらめず、ちょっと先の未来に向かって手を伸ばしながら、ひたすら這い進んでゆくだけでよいのだろう。そうすれば、私たちはいつも指先で、そこにある希望に触れていられる。

この本は、ないないと探していた鍵が、自分の内ポケットの奥深くにあったことに気づくために私が続けた、思考の七転八倒の記録でもある。それを未来へのメッセージとして書き記しておくよう勧めて下さった下中美都社長、Web《ウェブ》マガジン「AXIS《アクシス》」の連載当初から書籍にするまでを、編集者としてずっと伴走して下さった谷口真佐子さん、綿密な校閲でサポートしてくださった大西美紀さん、そして、その幸せな長い長い共創を、本という永遠の手箱として世に送り出すために、たくさんの知恵と力を尽くして下さった下中順平編集部部長に、心から感謝申し上げます。

皆でこの手箱に納めた気づきが、あなたの未来のはじまりとなりますように。

二〇二二年七月　ベルリンにて　阿部雅世

著者　阿部雅世｜Masayo Ave
デザイナー、デザイン教育者。1962年東京生まれ。法政大学工学部建築学科卒業後、1990年渡伊。ドムスアカデミー工業デザイン科マスター修了。以降、欧州を拠点に感覚体験に基づくデザイン活動に従事し、建築、工業デザイン、素材研究など幅広い分野で国際的なデザイン賞受賞。2005年よりベルリン芸術大学、エストニア芸術大学、ベルリン国際応用科学大学教授を歴任。2022年度より金沢美術工芸大学客員教授。子どものためのデザイン教育プログラムの開発にも取り組み、世界各地でワークショップを開催している。著書に原研哉との対談集『なぜデザインなのか。』、翻訳書にブルーノ・ムナーリ著『ムナーリのことば』『円形』『正方形』『三角形』、オスカー・ニーマイヤー著『ニーマイヤー104歳の最終講義――空想・建築・格差社会』（以上、平凡社）、ブルーノ・ムナーリ著『空想旅行』『点と線のひみつ』（共にトランスビュー）などがある。ベルリン在住。

見えないものを知覚する　これからの生活哲学
二〇二二年八月三日　初版第一刷発行

文と写真　阿部雅世
編集　谷口真佐子
発行者　下中美都
発行所　株式会社平凡社
〒一〇一―〇〇五一
東京都千代田区神田神保町三―二九
電話　〇三―三二三〇―六五七九（編集）
〇三―三二三〇―六五七三（営業）
ホームページ https://www.heibonsha.co.jp/

印刷・製本　シナノ書籍印刷株式会社
装丁・レイアウト　阿部雅世

ISBN 978-4-582-83904-3